ぬいぐるみを助けたら、なぜか花嫁になった件

CROSS NOVELS

真船るのあ

NOVEL:Runoa Mafune

小椋ムク

ILLUST:Muku Ogura

CROSS NOVELS

CONTENTS

CROSS NOVELS

CONTENTS

ぬいぐるみを助けたら、なぜか花嫁になった件

Presented by
RUNOA MAFUNE
with
Muku Ogura

STORY
真船るのあ

ILLUST
小椋ムク

CROSS NOVELS

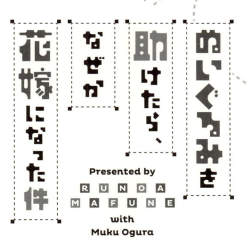

その日、大学の講義を終えた館山希翔《たてやまきしよう》は、そのまま地下鉄に乗り、バイト先の居酒屋がある最寄り駅へ向かった。

今日は夕方五時からバイトが入っているのだが、まだ少し時間がある。

——そろそろ新しいデニム買わないといけないんだよなぁ。

今穿いているデニムの尻のポケット部分が擦り切れて、とうとう穴が空いてしまったので、いい加減買い換えなければ。

とはいえ、貧乏学生なので、希翔がよく買い物をするのはもっぱらリサイクルショップだ。

バイトに行く途中にあるそのショップは、規模は小さめなのだが値段がかなり安いので、小型家電などもここでよくお世話になっていた。

希翔は現在W大学法学部の三年生で、現在二十一歳だ。

進学のために故郷の近畿地方から上京してきて、一人暮らし歴ももう三年目になる。

父は早くに病気で亡くなり、それからは母が女手一つで希翔を育ててくれた。

それゆえ生活は楽ではなく、最初は進学をあきらめ、高校を卒業したら地元で就職しようかとも思っていたが、成績のよかった希翔は幸い有利な奨学金制度がある今の大学を受験し、みごと合格したのだ。

奨学金はもらえるが、生活費もなるべく母に負担をかけたくないので、空いている時間はバイト三昧だ。

痩せ形で華奢《きゃしゃ》な体軀、柔和な顔立ちから周囲からは「頼りなさそう」「気が弱そう」などと言われ、さらになぜか「天然」と称されることが多い。

しかし見かけによらず健康で体力はあるので、昼夜休日のバイト掛け持ちでもなんとかなっている。

丈夫な身体に生んでくれた両親に感謝だ。

店内へ入ると、希翔は勝手知ったる衣料品コーナーを物色し始めた。

リサイクルショップはタイミング次第で掘り出し物が見つかるので、マメにチェックをしないといけない。

熱心にデニムを探していると、ふいに背後から人の視線を感じる。

が、振り返ってみても誰もいない。

——おかしいな……？　誰かに見られてる気がしたんだけど。

不思議に思いながらも、再び服を選び出す。

あいにく、今日は希翔のサイズでピンとくるデニムがなかったので、また覗いてみるかと帰りかけた、その時。

希翔はさきほどから感じている妙な視線を再び察知し、また振り返った。

だが、そこにはやはり誰もいるはずもなく、あるのは棚にいくつか並べられた人形だけだった。

その中の片隅に、茶色い毛並みのウサギのぬいぐるみが置かれているのに気づき、希翔は歩み寄ってみる。

　可愛らしいウサギを模してはいるが、かなり古びた、年代物のぬいぐるみだ。

　茶色いと思った毛並みも、よく見ると元はベージュに近かったのかもしれない。

　恐らく、最初はピンと立っていたであろう両耳も、右側が折れ曲がってしまっている。

　よく見るとあちこち綻びかけていて、少々みすぼらしい感は否めない。

　ぬいぐるみにも骨董品《こっとうひん》ってあるのかな、などと思っていると。

「にいちゃん、わいを買わへんか?」

　ふいに声が聞こえてきて、希翔はきょろきょろと周囲を見回した。

　が、近くには誰もいないので、今度は明らかにぞっとする。

「え……空耳??」

「わいや、わい。目ぇ合うとるやないか。気づいとんのに知らんふりはあかんなぁ」

　また声が聞こえてきて、希翔は恐る恐る棚の上を見上げた。

　どう考えても、声はそのウサギのぬいぐるみから聞こえてきていたのだ。

　いやいや、これはきっと、幻聴に違いない。

「最近バイト入れ過ぎだったからな……少し休んだ方がいいのかも」

　なにも見なかった、聞かなかった。

　うん、そういうことにしておこう。

そうぶつぶつ独り言を呟きながら、店内から逃げ出そうとすると。

「わいを買うてくれへんなら、末代まで祟《たた》ったるでぇ！　ええんかぁ⁉」

愛らしいルックスのぬいぐるみとは思えぬ物騒なセリフに、希翔は思わず振り返ってしまう。

「ひ、人を脅すのか⁉　質《たち》の悪いぬいぐるみだな！」

「やっぱり聞こえとるやんけ」

――し、しまったぁ……っ！

まんまとぬいぐるみの思惑にハメられてしまい、希翔は渋々棚の前に戻ってしげしげとウサギを見つめた。

どこからどう見てもごく普通のぬいぐるみで、なにか音声機器が仕込まれているようには思えない。

すると、そこへ品出しをしていた店主が通りかかり、声をかけてきた。

「なに、このぬいぐるみ気に入った？」

「え？　い、いや、その……」

ちょくちょく訪れるので、顔を憶えられている希翔は一応常連客の扱いになっているようで、店主は気さくに話しかけてくる。

が、高齢なので耳が遠いらしく、声がかなり大きいのが難だ。

おまけに目も悪いらしく、老眼鏡をずり上げ、ウサギのぬいぐるみの値札を確認する。

「これ、入荷したばっかりなんだけど、売れなさそうだから安くしてあげるよ。九八〇円だけど、七八〇円でどう？」

と、なんだか買わざるを得ない流れになってしまい、希翔はちらりとぬいぐるみに視線をやる。

「にいちゃん、一生のお願いや。わいをこの店から連れ出してんか～」

希翔は、今度は店主を見たが、彼にはまったくウサギの声は聞こえていないらしく、にこにこしている。

ここで振り切って逃げることもできるだろうが、もし本当に呪いをかけられたらどうしよう？

なにせ相手は喋《しゃべ》るぬいぐるみなのだ。

あれこれ逡巡《しゅんじゅん》した結果、希翔は渋々財布を取り出した。

「……買います」

「毎度ありがとうございました～」

間延びした店主の声を背に、希翔はぬいぐるみの入ったビニール袋を目線の高さまで持ち上げた。

「ああ……俺の一日分の食費が……」

節約生活を送る希翔にとって、七八〇円は約一日分の食費に匹敵する大散財なのだ。

ひそかに嘆いていると、ぬいぐるみが袋の中から話しかけてくる。

「にいちゃん、あの辛気くさい店から助けてくれて、おおきに！」

「……どういたしまして」

まだぬいぐるみが意思を持って喋るなんて信じられないが、希翔はそれを袋から出して話しかけてみる。

「これで、もう自由だよ。それじゃ俺はバイトがあるから、ここで」

そのまま、近くにあったブロック塀《べい》の上に載せようとすると。

「ちょい待ち。にいちゃん、こんなとこにわいを放り出していく気か？　また悪い奴に捕まって売り飛ばされたらどないするねん」

「そ、そう言われても……じゃあどうすればいいんだよ？　俺、ほんとにバイトに行かないとまずいんだけど」

そう訴えると、ぬいぐるみは「ほな、とりあえずバイトに行きぃや。わいはそのリュックの中で待っとったるさかい」とこともなげに言った。

「ええっ⁉　ついてくる気かよ⁉」

「わいを買うたんやから、今のわいのご主人様はにいちゃんやろ」

なんだか、とてつもない厄介事に片足を突っ込んでしまったような予感がする。

本能的に危機感を察知した希翔は、一瞬そのままぬいぐるみを置き去りにして逃げようかと思ったのだが。

「言《ゆ》うとくけど、もう一度わいを捨てようとしたら……」

「……わかってるよ。末代まで祟るんだろ⁉」

「わかっとればええんや」

どうしようかと悩んだが、本当に遅刻しそうだったので、希翔はやむなくぬいぐるみをリュックに突っ込み、急いでバイト先へ走ったのだった。


いつものように居酒屋で忙しく立ち働いているうちに、だんだんとさきほどの出来事は自分の妄想だったような気がしてきた。

――そうだよな。ぬいぐるみが喋るなんて、あるわけないのに。やっぱり疲れてるのかな？

そう考えると問題は解決したように思え、その日の勤務を元気に終える。

今日は早番なので深夜十一時に上がり、ロッカーで店の制服から私服に着替えた。

恐る恐るリュックの中を覗いてみると、ぬいぐるみはただのぬいぐるみで、なにも話さなかったのでほっとする。

「お疲れさまでした」

店を出て電車で自宅アパートの最寄り駅まで戻り、駐輪場に停めてある自転車に乗って家に帰ると、希翔はいつものようにまずアパートの共用シャワールームへ向かった。

もう六月なので、今日のように蒸し暑い日は早く汗を流したい。

築四十年、六畳一間の、おんぼろアパート。

駅から徒歩二十五分と遠いので、自転車は必須だ。

部屋に風呂はないが共用のシャワールームがあり、家賃がかなり安いので上京して以来ずっと住んでいる希翔の城だ。

寝間着代わりのTシャツとハーフパンツに着替え、さっぱりして部屋へ戻った。

忘れていたので、リュックに入ったままだったぬいぐるみを取り出し、とりあえずテレビ台の横に置く。

余計な出費をしてしまったが、近くに住む大家の孫に小学生の女の子がいるので、欲しいと言ったらあげよう。

そんなことを考えながら布団を敷き、さぁ、寝るかと大きく伸びをした、その時。

「にいちゃん、ホンマ貧乏なんやな。こんなせっまいウサギ小屋みたいなとこ住んどるんか」

再びあの忌まわしい関西弁もどきが聞こえてきて、希翔は飛び上がりそうなくらい驚いた。

「お、おまえ!?　やっぱり喋れるのか!?」

「なに現実逃避しとんねん。往生際の悪いやっちゃのう」

あろうことか、テレビ台からピョンと飛び降りてきたぬいぐるみのウサギは、ちょこちょこと歩いて希翔の布団の上にやってくる。

「しかも、動くとか嘘《うそ》だろ……!?」

どうか、これが幻覚であってほしい。

そんな希翔の切なる願いも空しく、ウサギはまるでダンスでも踊るようにくるくる回り始めた。

「わいが動けるのは夜だけや。あ〜しんど。じっとしとるのも肩凝るでぇ」

「ちょっと待てっ、とりあえず俺が現実を受け入れるまで、じっとしててくれ……!」

希翔は悲鳴をあげるが、ウサギは意に介する様子もなく図々しいことを言ってくる。

「ところでこの家では、客に茶ぁの一杯も出さんのか？　紅茶淹れてぇな」

「紅茶？　前に母さんが送ってきた、ティーバッグのならあるけど」

「はっ！　ヴィンテージ物のこのわいが、ティーバッグの紅茶なんぞ飲むわけないやろ。わいはファーストフラッシュの無農薬茶葉しか口に合わんのや」

「はい、じゃあ飲まなくていいです〜」

と、希翔は贅沢《ぜいたく》なウサギのリクエストを一刀両断する。

「俺、自分で思ってる以上に疲れてるんだな……幻覚幻聴のダブルパンチって、ヤバくないか……？」

「安心せぇや、にいちゃん。幻覚やないで〜」

と、ウサギは偉そうに胸を張る。

「わいは、作られてから百年超えのぬいぐるみでな。しかもヴィンテージ中のヴィンテージ。好事家の連中が知ったら、数百万出しても欲しがるレア物なんや」

「なら、なんであの店で九八〇円で売られてたんだよ？」

至極当然の突っ込みを入れると、ウサギはロコツに顔面を歪めた。

「それはあの店主の目が節穴やからや！　老眼のせいでわいの価値もようわからんらしいわ。このわいの値段を、たった九八〇円ぽっちにしよってからに！」

それでも売れずに、さらにディスカウントされて希翔の許へやってきたわけなのだが。

ウサギはぷんぷんと憤慨している。

「ひ、ひょっとして、持ち主が殺された現場に居合わせて、魂が宿っちゃった呪いのぬいぐるみ、とかなのか……？」

「はぁ？　なんや、それ。おもろないでぇ」

必死の希翔の推理を鼻先でせせら笑い、ウサギが言う。

「わいの元の持ち主達が、それはもうわいのことを可愛がってくれてなぁ。それで魂が宿ったんかもしれん」

そんなことが、果たして現実に起きるものなのだろうか？

この期に及んで、まだ半信半疑だった希翔だけれど、目の前のぬいぐるみは畳の上をちょこちょこと二足歩行で動き回り、希翔の部屋を無遠慮に見回っている。

確かに長年愛されたぬいぐるみや人形などには魂が宿るというが……。

「はぁ、こないに狭いとこ住むんは初めてやから、慣れへんなぁ」

「狭いのがいやなら、出口はあちらです」

「まぁ、そうツンケンすんなや。にいちゃんには、もぉひとつ頼みがあるねん」

「俺に一日分の食費を浪費させといて、この上まだなにか？」

「にいちゃん、聞いてぇな。わいの、聞くも涙、語るも涙の波瀾万丈《はらんばんじょう》の人生を……！」

「その話、長くなる？　俺、明日も朝早いんだけどな」

と、希翔はすっかり寝る体勢になって布団に潜り込む。

要約すると、ウサギの話はこうだ。

彼はイギリスにある大手ぬいぐるみ製造メーカーで誕生し、とある一族の女性達に代々可愛がられ、受け継がれてきた。

祖母から母へ、母から娘へ。

そして娘のエミリーは、当時ロンドンに留学していた日本人男性と出会って恋に落ちた。

彼女は男性と結婚して海を渡り、日本へ嫁いできて、ウサギもそれについてきたという。

「わいは生まれも育ちもロンドンっ子やったけど、エミリーと離れるくらいならどこでもついてくゆう気持ちで日本に来たんや」

夫妻は仲が良く、しばらくは平和な日々が続いた。

エミリーの夫は彼女を溺愛し、彼女が故郷にいるような気分で暮らせるようにとイングリッシュガーデンつきの立派な英国式の洋館を建てた。

やがて男の子が生まれ、一家は屋敷でしあわせに暮らしていたが、エミリーはその子が中学生の頃突然の病に冒され、短い生涯を終えたのだという。

「わいはもう、目玉が溶けるくらい毎日泣き明かしたわ。長く生きとるが、エミリーほどわいを愛してくれた女はおらんかった。わいは半身をもがれてしもたんや」

「それで、どうなったの……？」

だんだんウサギの身の上話に引き込まれ、いつのまにか布団の上で正座していた希翔は、先を促す。

「エミリーが亡くなって、夫は彼女を思い出すのがつらいゆうて屋敷を出ていったんや。息子はその時私立の全寮制の高校に入学しとったさかい、エミリーが愛した屋敷は無人になってしもうた。わいはエミリーの遺品整理のどさくさに紛れて、気づいたら別の家におった。当時は悲し過ぎて、わいの記憶もあやふやなんや」

どういう経緯かはわからなかったが、次にウサギが暮らすことになったのは、英国様式の屋敷とはこれまた対照的な、大阪《おおさか》にある純日本家屋の屋敷だったという。

「そこはとある、大手運送会社の社長が暮らす屋敷やった。毎日ガラの悪い連中がようけ出入りしてのう。わいはそこの社長の娘に気に入られて、引き取られたらしいんや。大阪で十五年ほど暮らすうちに、すっかり関西弁が身についてしもうたわ」

「ずいぶん波瀾万丈な展開だな。ってか、ネイティブの方に聞かれたら鼻で笑われそうなエセ関西弁はそのせいかよ」

まるで漫画かドラマのような展開に、希翔はすっかり眠気も覚めてしまった。

「で、わいはキュートやから、そこの娘、菜那《なな》に可愛がられて暮らしとったんやけどな。今度は屋敷に泥棒が入って、盗み出されてしもたんや」

屋敷から拉致されたウサギは古物商に売られてしまい、気づいたらあのリサイクルショップにいたらしい。

「オークションにかければ数百万は下らんこのわいがやで!? しょーもない値段つけて売られるこの屈辱、にいちゃんにわかるか? これ以上の侮辱はないで。あ〜〜菜那もわいに夢中やったから、今頃わいのこと血眼になって捜しとるやろなぁ」

と、ウサギは遠い目をする。

「で、ここからが本題や。にいちゃんには、わいをエミリーの屋敷へ連れていってほしいんや」

「でも、エミリーさんはもういないんだろ?」

「そやけど、あの屋敷にはエミリーと暮らした思い出が山ほど詰まっとるんや。わいは余生をひっそりと、あそこでエミリーの思い出と共に暮らしたいんや」

と、ウサギは今までのオラついた態度はどこへやら、さめざめと涙を零す。

彼の身の上話を聞いてしまい、ちょっぴり同情しかけていた希翔はむげに突き放すこともできず、頭を掻く。

「連れてけって言われてもなぁ……ダンナさんの名前とか、住所とか憶えてる？」

そう問うと、ウサギはエミリーの夫は海棠憲之《かいどうのりゆき》という名であること、「海棠物産株式会社」という会社の社長であること、そして屋敷は『デンエンチョーフ』というところにあると憶えていた。

その情報を元にスマホであれこれ検索してみると、海棠物産という会社はすぐに見つかった。

「でも、社長さんの屋敷なんか、素人が情報探せないよ。探偵でも雇わないと」

「心配いらん。デンエンチョーフまで行けば、道はわいが憶えとるさかい」

「東横線《とうよこせん》の方か……電車賃かかるなぁ」

「せっこいこと言わんと、これも人助けや」

「ぬいぐるみだろ、おまえ」

思わず突っ込んだものの、このまま家に置いておくわけにもいかないし、ここまで話を聞いて無視したら、また末代まで祟ると騒ぎそうだ。

なにより、ウサギの境遇に同情しかけている希翔は、まぁ都内だし、連れていってやるかという気持ちになっていた。

これで目的地が大阪の菜那の方でなかったのは、電車賃的に幸いだったのかもしれない。

「しょうがない、乗りかかった船だ。明日バイトないから、講義終わったら連れてってやるよ」

「おおきに！　にいちゃん。一生恩に着るで！　ところで、にいちゃん、名前なんていうん？」

「俺？　希翔だけど。おまえは？　名前あるの？」

なにげなくそう問い返すと、ウサギは妙に胸を反らした。

「わいの名前か？　そりゃあ高貴な名前があるんやけど、そうそう簡単には教えられへんなぁ。わいの名前呼んでええのは、エミリーだけや」

「あっそ。じゃあテキトーに俺がつけてやるよ。そうだな……ウサ吉でどう？」

「はぁ？　なんや、その品もヒネりもない、雑な名前のつけ方は⁉　却下や！」

「文句が多いなぁ、なら、ほんとの名前教えろよ」

「……ふん、そんならそれでカンベンしといたる」

よほどもったいぶりたいのか、ウサ吉はあっさりそう引き下がった。

「んじゃ、おやすみ、ウサ吉。夜中にうろついたりするなよ。ホラーだから」

「わかっとるがな」

やれやれ、なんだか妙なことになってしまった。

話をして、夜だけ動き回るぬいぐるみと同じ部屋で寝るなんて、と思ったが、バイトの疲れもあり、希翔はいつのまにかぐっすり寝入っていた。

そして、翌朝。

「希翔、起きぃや。おはようさん」

セットした目覚ましのアラームより先に、テレビ台の上からウサ吉の声で起こされる。

「んぁ……？」

寝ぼけ眼の希翔は、一瞬誰？　と思ったが、じょじょに昨晩のことを思い出し、枕に顔を埋めて呻《うめ》いた。

「……あ～～やっぱり夢じゃなかったのか……」

「まだそんなこと言っとるんか？　往生際の悪いやっちゃのう」

朝なのでもう動けないらしく、ウサ吉はテレビ台の上から悪態をつく。

「でもさぁ、なんで俺にだけウサ吉の声が聞こえるんだ？　エミリーさん以外には聞こえなかったんだろ？」

「そうや。十五年一緒におった菜那にも、わいの声は聞こえんかった。なんで希翔には聞こえるんか、わいにもわからんのや。せやから、ここで会ったが百年目や。逃がさへんから、覚悟しいや」

「うわ～～ストーカー宣言かよ。すっごい迷惑なんですけど」

言いながら、希翔は朝食の支度に取りかかった。

特売の食パンにマヨネーズで四角く土手を作り、そこに生卵を割り入れる。

それをトースターで約四分焼けば、マヨ卵トーストの完成だ。

インスタントコーヒーを淹れ、それを二枚ぺろりと平らげると、希翔は急いで身支度を調え、アパートを出た。

大学までは、自転車を飛ばして最寄り駅まで約十分、地下鉄で二十分ほどかかるが、いい運動だ。アパートは最寄り駅からかなり遠いのが難だが、その分家賃が安いのでやむを得ない。

「いいか、講義中は絶対大人しくしてろよ？　じゃないと屋敷には連れてかないからな」

「わかっとるって」

そう言い含めたせいか、ウサ吉は講義中はリュックの中で本当に大人しくしていた。

午後四時過ぎ、その日最後の講義が終わり、希翔は約束通り田園調布《でんえんちょうふ》へと向かう。

初めて駅へ降り立つと、駅舎はレトロでこぢんまりしているが、山手側はいかにも高級住宅街といった雰囲気で、あちらを見てもこちらを向いても豪邸ばかりだ。

「うわ〜、さすが金持ちの住んでるとこって感じだなぁ」

駅東側には小洒落たカフェや高級スーパーが建ち並んでいるので、地方出身の希翔にとっては物珍しく、ついきょろきょろしてしまう。

「おい、着いたんか？　希翔。わいも見たい！」

ついに我慢できなくなったのか、ウサ吉が声をあげた。

なので、リュックのファスナーを少し開け、ウサ吉が顔を出せるようにしてやる。

「出してぇな。希翔がわいを抱っこしてくれればええやんけ」

「無理言うなよ。ウサ吉抱えて話しながら歩いてたら、俺がいろいろヤバい人になっちゃうだろ」

言っているそばから、いかにもセレブといった出で立ちのマダムとすれ違い、誰と話している
のかしら、といった訝しげな視線を向けられてしまったので、希翔は急いで歩き出す。

「で？　どっちなんだ？　憶えてるか？」

「えっと、確かこっちや」

ウサ吉が記憶を辿り、曲がり角に来ると希翔に道を指示する。

駅から、歩くこと約十分。

目的の屋敷は、割合あっさりと見つかった。

「わぁ……すごいお屋敷だな」

思わず、感嘆の吐息が漏れる。

それは、ウサ吉の話を聞いて想像していたよりも遙かに立派な洋館だった。

英国チューダー様式を基本とした設計で、白い壁に藍色の屋根という重厚な外観だ。

門柱には、確かに『海棠』とネームプレートがある。

周囲をぐるりと煉瓦《れんが》の塀で囲まれていたが、瀟洒《しょうしゃ》な正門から覗き込んでみると、裏庭の方に広
い庭園がありそうだった。

「ここや！　エミリーの屋敷や……！」

リュックから首だけ覗かせたウサ吉が、興奮して叫ぶ。

「早《はよ》う、インターホン押してや」

ウサ吉に急かされ、希翔は家人になんと言ってウサ吉を渡そうかと思案しながら呼び鈴を押す。

が、何度押してもなんの応答もない。

「あれ、留守なのかな？」

「息子の理章《みちあき》はもう大人になっとるから、寮は出とるはずや」

と、その時、ちょうど向かいの家の婦人が犬を連れて家を出てきて、希翔に気づいて声をかけてきた。

「あら、そちらのお宅は誰も住んでませんよ？」

「え、そうなんですか？」

このご婦人からなにか聞き出せないだろうかと考えながら、希翔は愛想よく婦人に歩み寄る。

「すみません、少々お伺いしたいのですが、こちらに海棠理章さんという息子さんがいらっしゃいますよね？　今はどなたもお住まいではないんですか？」

可愛いワンちゃんですね、と婦人が連れていたヨークシャーテリアを褒めると、愛犬を褒められて気をよくしたのか、はたまた単なる噂《うわさ》好きなのか、婦人はあれこれ話してくれた。

「そう、ここはもう十年以上も無人で、定期的に庭師とお掃除の人は入れてるみたいだけど、売りに出すでもなくずっと放置なのよ。こんな立派なお屋敷なのに、もったいないわよね」

「本当にそうですね。エミリーさんが亡くなられてから、海棠さんのご主人は大変だったようですから」

ウサ吉から聞いた話が真実かどうかは賭けだったが、希翔がそう水を向けてみると、婦人は詳しい経緯を知っている彼を海棠家の知り合いだと勝手に誤解してくれたようだった。

「えぇ！　そうだったのよ。ご主人の落ち込みようといったら、それは見ているこちらが気の毒になるくらいだったわ。理章さんは、高校生の頃見かけたきりね。今はもう三十を過ぎてるだろうから、道ですれ違ってもわからないくらいじゃないかしら。住んでいる場所も知らないけど、会社の方に行ってみたらいいんじゃない？」

と、婦人は親切にも海棠親子の会社名を教えてくれる。

父、海棠憲之が経営しているのは、ネットで調べた通り、東証一部上場企業の海棠物産株式会社らしい。

これもウサ吉の情報と一致しているので、希翔はウサ吉が本当にこの屋敷で暮らしていたと信じざるを得なかった。

礼を言って婦人と別れ、希翔はウサ吉のために塀沿いに屋敷をぐるりと一周回ってやる。

「理章も、もうここには住んどらんのやな……エミリーの思い出が詰まったこの屋敷を放置するやなんて、親子揃って弱メンタルでどうしょうもないでぇ」

せっかく屋敷まで辿り着いたのに、自分を受け取ってくれる相手がおらず、ウサ吉はかなり落胆している様子だった。

高級住宅街であまりふらついていると、不審者と通報されかねないので、希翔は「そろそろ帰るよ。最後によく、お屋敷見ておきなよ」とウサ吉に言った。

こうして収穫なくアパートに戻ると、ウサ吉は窓辺で横たわり、どっぷり落ち込んで口も利かなくなった。

「なぁ、ティーバッグだけど紅茶淹れたからさ。よかったら飲めよ」

静かでいいと思いつつも、ウサ吉が喋らないとどうにも気になってしまい、希翔はつい機嫌を取ってしまう。

ついでに自分の分も淹れ、久しぶりに飲んでみると、たまには紅茶もいいなと思う。

普段は節約のため、水出し麦茶一辺倒な希翔なのだ。

だが、ウサ吉は「ありがたいけど、食欲あらへんのや。堪忍な」と振り返りもしない。

手持ち無沙汰な希翔は、スマホでもう一度海棠物産を検索する。

——海棠さんの会社は大手町《おおてまち》にあるな。でもいきなり訪ねて、社長にウサ吉を受け取ってくれって言っても、間違いなく不審者扱いされるよなぁ……。

ならば、息子の理章の方はどうか？

しかし、理章も副社長らしいので、まず会うことすら難しいだろう。

会社のホームページには社長の憲之と、副社長で息子の理章の顔写真も公開されていた。憲之は五十代後半、理章は婦人の言っていた通り三十代前半くらいだ。

二人ともかなりの美男子で、顔立ちもよく似ていた。

ここまで乗りかかった船なので、できることなら海棠親子のどちらかにウサ吉を渡してやりたいのだが。

すると、だらりと横になったまま、ウサ吉が首だけで振り返る。

「希翔、おおきに。あんさんの優しさは一生忘れへんで。もう、ええんや。これからはこのせっまいアパートが、わいの住み処になるんやなぁ」

聞き捨てならぬ発言に、希翔はがばっと顔を上げる。

「え、おまえ、ずっとうちにいる気?」

「ほかに、どこへ行け言うんや。わいを買うたんは希翔やろ。煮るなり焼くなり、好きにしいや。いっそ殺してぇな……！」

などと、自暴自棄になったウサ吉は人聞きの悪いことを言い出す始末だ。

——参ったなぁ……。

なんとか方法はないものかと、あれこれ検索を続けていると、ふと海棠物産の求人募集が目に入った。

「海棠物産、クリーンスタッフ募集。時間帯は主に夜間か……」

クリーンスタッフなら、社内をうろついても不審に思われないし、うまくいけば副社長室などに潜入できるかもしれない。

ちょうど夜のバイトを探していたところだった希翔は、悩んだ。

昨日今日知り合ったウサギのぬいぐるみのために、そこまでしてやる義理はないのではないか？

正直、そう思わないでもないが、かといってこのままではウサ吉は永遠に海棠の屋敷に戻ることは叶わないだろう。

「……しょうがない。俺がこの会社でバイトして、海棠さんを捜してやるよ」

希翔が言うと、ウサ吉は項垂れていた耳をピンと立てた。

「ホンマか⁉」

「しょうがないだろ。ウサ吉にいつまでもどんよりされてると困るんだよ。それに俺もちょうど、夜のバイト探してたとこだったし」

今入っている居酒屋のバイトは期間限定の臨時バイトなので、どこかいいところはないかと考えている最中だったのだ。

「わいのためにそこまでしてくれるなんて、希翔はええ奴やな。おおきに！　一生恩に着るで～！はぁ、そうと決まれば、なんやスッキリしたわぁ。あ、せっかくやし、紅茶いただこか」

現金にも、打って変わって元気になったウサ吉は、窓枠からぴょんと飛び降り、軽い足取りでやってきたので、希翔は紅茶が置いてあるローテーブルの上に載せてやった。

するると、ウサ吉はマグカップに入った紅茶を、両手で抱えてちびちび飲む。

「わ、ほんとに飲んでる。どうなってるの？」

飲んだ紅茶はどこへいくのだろうか、と希翔は思わずウサ吉の尻に手を触れる。

が、濡れているわけでもなかったので、さらに謎は深まった。

「こら、わいにセクハラするなんざええ度胸やないか。高《たこ》うつくでぇ」

「すいません、もうしません」

「しっかし、やっぱ三流品は口に合わんなぁ。やっすい茶葉の味がするわ」

「おまえ、もう飲むな（怒）」


――はぁ……いったい俺は、なにをやってるんだか……。

掃除用具の詰まったカートを押しながら、希翔はお人好し過ぎる自分にため息をつく。

あれから。

さっそくバイト募集に応募すると、面接後すぐに採用され、希翔はとんとん拍子に海棠物産へ潜り込むことに成功した。

通常は、清掃の仕事は派遣会社を通すことが多いらしいので、今回たまたま海棠物産が直接スタッフを募集していたのは幸運だった。

でなければ、ピンポイントでこの会社に派遣されるよう細工することは不可能だっただろう。

――ひょっとして、これもウサ吉の力だったりして……？

あまりに都合よくあれよあれよという間にコトが進んだので、ついそんなことを考えてしまう希翔だ。

クリーンスタッフの制服に揃いの帽子を被り、ほとんど無人になった社内の床にポリッシャーをかけて回る。

「しっかしすごく大きい会社だよなぁ。儲《もう》かってそう」

大手町の一等地に、有名建築家がデザインしたという二十階建ての自社ビルを構え、社員食堂というには立派過ぎるカフェテラスまである。

こういう大企業に就職できれば、一生安泰なんだろうなぁ、とそろそろ就職活動のことが頭をよぎる希翔だ。

すると、カートの下に隠していたウサ吉が、ひょこりと頭を覗かせる。

「理章には会えんのぅ。いったいどこにおるんや、あいつは」

「副社長だから、忙しいんだろ」

希翔は、海棠親子のどちらかに渡せればいいのだろうと考えていたのだが、ウサ吉は「憲之はわいのこと毛嫌いしとるから、駄目や。狙い目は理章の方や」と断固父親に渡されることを拒否したのだ。

まったく、いろいろと注文の多いぬいぐるみである。

バイトを始めて、一週間。

まだ一度も親子のどちらも見かけていない。

もしかしたら深夜という時間帯のせいかもしれないので、夕方勤務に変えてもらった方がいいのだろうかと考えつつ、希翔はスタッフ専用エレベーターに乗り込む。

副社長室があるのは最上階で、場所は既に把握している。

まだ役員フロアを担当させてはもらえないが、こっそり忍び込んでウサ吉を置いてくるくらいはできるのではないだろうか？

そう提案してみると、ウサ吉は「あかん！　そんなんしたら、気味悪がられて、捨てられるのがオチや。あいつは父親に似て薄情やから、わいのこと憶えとらんかもしれんしな」と即座に却下する。

「なら、どうすればいいんだよ？」

「なんとか理章と話して、あいつにわいのこと思い出させてや」

「無理言うにも、ほどがあるだろ」

ウサ吉と深夜の廊下でモメていた、その時。

ふいに目の前の副社長室のドアが開き、中から一人の男性が出てきた。

年の頃は、三十一、二というところだろうか。

百八十を超える長身に、いかにも高級そうな三つ揃いのスーツをまとった美丈夫だ。

日本人にしては明るい茶褐色の髪に、グリーンの瞳。

ウサ吉から、彼の母親がイギリス人と聞いていたので、彫りの深い顔立ちと日本人離れしたスタイルの良さにも納得がいく。

そこいらのモデルや芸能人よりよほど目立つ容姿に、希翔はつい見とれてしまう。

――うわ、ネットの写真よりずっと格好いいなぁ……。

ホームページの近影は、まるで証明写真のようで小さかったので、まさか実物がこんなイケメンだとは思いもせず、ついまじまじと見とれてしまう。

男性は部屋を出ると、廊下を歩いてこちらへ向かってきたので、慌ててウサ吉を出してやる。

「ウサ吉、理章さんってあの人？」

「う～ん、奴が中坊の頃会ったきりやからのぅ。まぁ、エミリーの面影はあるなぁ」

理章は廊下にある自販機の前で立ち止まると、飲み物を買っているようだ。

この機を逃さず、なにか話しかけなければ……！

焦った希翔はカートを押し、早足で接近する。

そして、自販機の脇を通り過ぎる時、帽子を取って「こんばんは」と思い切って挨拶してみた。するとマ缶ジュースを取り出した理章は、クリーンスタッフに声をかけられるとは思っていなかったようで、一瞬面食らっていたが、一応「こんばんは」と返してくれた。

「遅くまで、お仕事お疲れさまです！」

そう告げ、希翔はぺこりと一礼し、行き過ぎる。

初対面でウサ吉のことを持ち出すのはリスクが大き過ぎるし、まず信じてはもらえないだろう。

——とりあえずは、顔を憶えてもらってからだよな。

今日のところはこれでよしとしよう、と希翔はフロアを後にしたのだった。


「で？『理章に顔憶えてもらおう作戦』ははかどっとるんか？」

マグカップを傾け、希翔が淹れてやった紅茶をちびちびと飲みながら、ウサ吉が問う。

背に腹は代えられないのか、最近はティーバッグの紅茶に文句を言わなくなった。

高級茶葉を買ってくれとうるさいのだが、もちろん却下の希翔である。

「うん、理章さんの行動パターン、だんだん摑めてきたよ」

と、希翔は嬉々として、このところの成果を報告する。

理章は、かなり遅くまで残業していることが多く、深夜まで社内に残っている。

そして、決まって自販機に同じジュースを買いに部屋から出てくるのだ。

「それがいちごオレだなんて、なんか可愛いよな。いかにもブラックコーヒーしか飲まなそうな外見してるのにさ」

理章の行動パターンを把握してくると、後は彼が部屋から出る時間帯を狙って、最上階の廊下を掃除に行くだけだ。

なかなかの打率で、今週は四日勤務のうち、二回挨拶することができた。

「とはいえ、クリーンスタッフの顔なんかいちいち見てないだろうから、認識してもらえるようになるのはいつになるかなぁ……」

ウサ吉に付き合ううちに、いつしか希翔も今まで飲まなかった紅茶を飲むようになり、母が送ってきたティーバッグは残り少なくなってきた。

「次のバイト代が入ったら、もう少しいい紅茶買ってやるから、楽しみにしてろよ、ウサ吉」

すっかり喋るぬいぐるみとの暮らしに慣れつつある自分が恐ろしいが、まぁ現実にこうしてウサ吉は目の前に存在しているわけだし、しかたがない。

希翔は頬杖を突き、紅茶が残り少なくなったマグカップに顔を突っ込んでいるウサ吉を手伝ってやる。

「おおきに、希翔。縁もゆかりもないわいのために、あれこれしてくれて、ほんま感謝しとるんやで」

「よせよ、殊勝なウサ吉なんか、背中が痒《かゆ》くなるだろ」

「まぁ、このままやと、やっすい茶葉に舌が慣れてまいそうやから、早いとこ理章と仲良うなってほしいけどなぁ」

「やっぱ、おまえもう飲むな（怒）」


そしてその晩も、希翔はいつも通り大学の講義を終えてから海棠物産へ向かい、理章が部屋から出てくる時間を待ってほかのフロアを掃除する。

もうすっかり仕事にも慣れ、手際も良くなった。

時給もかなりいい上、一人なので他人に気を遣わなくて済むし、なかなかいいバイトにありつけたのでウサ吉に感謝しなければと思う。

そろそろかな、と見当をつけて希翔は掃除用具カートを押してエレベーターに乗り込む。

最上階に着くと、いつもより少し早い時間に理章が自販機の前に立っていたので、急いでそちらへ向かう。

「こんばんは、お仕事お疲れさまです」

朗らかにそう声をかけると、理章はこちらを見て、自販機にコインを投入した。

「ああ、こんばんは」

——やった〜！　今日も挨拶できたよ。

目標が達成でき、足取りも軽く通り過ぎようとすると。

「コーヒーは？」

ふいに理章に声をかけられ、希翔は振り返る。

「え？」

「コーヒーは好きか？　なにがいい？」

初めは意味がわからなかったが、どうやら飲み物を買ってくれるということらしいと気づき、希翔は慌てて引き返す。

「えっと、それじゃトマトジュースを。野菜不足なんで」

緊張のあまり、どうでもいいことを口走ってしまうと、理章が少し笑った。

そして、買ったトマトジュースを希翔に投げてくるので、両手でそれを受け止める。

「あ、ありがとうございます！」

帽子を取って礼を言うと、理章が再び微笑んだ。

「若いな。学生か？」

「はい、大学生です」

「きみこそ、こんな深夜帯にバイトとはお疲れさまだな」

「いやぁ、奨学金もらってるんで、バリバリ働かないと」

なにげなくそう答えると、理章は「そうか。大変だろうが頑張りなさい」と言ってくれた。

そして、そのまま副社長室へ戻っていったので、希翔はもう一度深々と頭を下げた。

――やった！　初めて理章さんに話しかけてもらえた！

おまけにジュースまで奢《おご》ってもらえるなんて、と希翔は弾む気持ちを抑えきれなかった。

こうやって、地道な作戦ではあるが、少しずつ認識してもらって、いつかウサ吉のことを切り出せればいいなと思った。


それからも、理章のタイミングを見計らい、何度か顔を合わせるうちに、理章は時折飲み物を奢ってくれた。

仕事中なので長話はできないが、ぽつぽつと、「今日は蒸し暑かったですね」などと他愛もない世間話をするようになる。

「きみはよく出勤しているな。そんなに働いて身体は大丈夫なのか？」

いちごオレが恥ずかしいのか、理章は大きな手のひらで缶を隠すようにして握り込んでいるのが可愛い。

「はい、丈夫なだけが取り柄なんで。ここのバイト、時給がいいので助かってます」

その日も、そんな話をしていると、掃除用具カートに隠しておいたウサ吉の声が聞こえてきた。

「なぁ、希翔。そろそろええんとちゃうか？　わいの話してぇな」

確かに、これ以上親しくなるのは難しそうなので、希翔は思い切って切り出してみる。

「あの、副社長さんは会社近くにお住まいなんですか？」

「ん？　ああ」

なぜそんなことを聞くのか、という顔をされたので、慌てて言い訳する。

「いえ、噂で田園調布に素敵なお屋敷があると聞いたものですから、そこから通ってるのかなと思って」

と、希翔が屋敷の話をすると、それまで穏やかだった理章の表情が一瞬にして強張った。

「……屋敷のことは、社内でもごく一部の人間しか知らないはずだ。なぜ、きみがそれを知ってる？」

完全に警戒されてしまい、希翔は慌てた。

「あ、すみません。俺、めっちゃアヤシイですよね。でも普通に話しても信じてもらえそうにないんで、なんというか、その……」

「言いたいことがあるなら、はっきり言いたまえ」

もう、こうなってはしかたがない。

理章にそう迫られ、希翔は観念してカートの中のウサ吉を取り出す。

「こ、このウサギのぬいぐるみ、あなたのお母様のエミリーさんが持ち主ですよね？　信じられないと思いますが、この子がエミリーさんと暮らしたお屋敷に戻りたがってるんです。なんとか、その願いを叶えてやってもらえませんか？」

思い切って真実を打ち明けてみるが、いちごオレの缶を握りしめた理章は、しばらく無言だった。

そして、一言。

「冗談にもほどがあるぞ。仕事に戻りなさい」

素っ気なくそう言い捨てると、理章は副社長室へ戻ってしまった。

――やっぱり玉砕か……。

到底信じてもらえるはずがないとわかっていたものの、希翔は落胆し、肩を落とした。


「理章の奴、ガキの頃からヘンクツやったが、相変わらず頭が固いのぅ。なにより、このわいの愛らしい顔を見て思い出さへんのが許せん」

ウサ吉は、昨夜からずっとおかんむりだ。

翌日も大学の講義を終え、海棠物産へ向かう希翔の足取りも重い。

もうすぐ大学が夏休みに入るので、ここでのバイトを大幅に増やしてもらおうと思っていただけに、今クビになるのはキビしかった。

「あ〜もう絶対理章さんにヤバい奴って思われてるよ〜。バイトクビになっちゃうかなぁ」

「あきらめたら、そこで試合終了やで！　もう一押ししようや」

「これ以上、なんて言って説得するんだよ？　完全に怪しまれちゃってるのにっ」

リュックの中のウサ吉とモメながら、希翔はいつものようにタイムカードを押し、ロッカーで制服に着替える。

すると、そこへクリーンスタッフの先輩が慌てた様子で駆け込んできた。

「き、きみ！　今すぐ副社長室へ来るようにと連絡があったぞ。いったい、なにをやらかしたんだ!?」

「はぁ……それはその……」

心当たりがあり過ぎて、怖い。

「なんか、ぬいぐるみを持ってこいとのことらしいが、意味わかるか？」

「はい、大丈夫です」

やはり昨夜の件でお叱りを受けるに違いない。

いや、最悪クビ宣告かもしれない。

「とにかく、すぐ行きなさい！」

急かされ、希翔は最上階にある副社長室へ急いだ。

「やっぱりクビかなぁ」

「最後に刺し違える覚悟見せてぇな」

「やるだけはやってみるけど、期待するなよ？」

勇気を振り絞ってノックすると、入室を許された。

「し、失礼します……」

帽子を取り、恐る恐る室内へ入る。

まだ重役の部屋掃除は担当させてもらえないので、副社長室の中に入るのは初めてだ。

一面ガラス張りの窓からは都内が一望できる眺めで、内装も落ち着いているが、いかにも金がかかっている。

理章は窓を背にしたデスクに座っていたが、希翔が来るとじろりと一瞥し、立ち上がった。

そして、デスク前にある豪華なソファーセットに「かけなさい」と言われたので、希翔はおずおずと隅っこに腰掛けた。

理章も向かいの席に座ったので、希翔はその前にそっと持参してきたウサ吉を置く。

すると、理章の眉間にくっきりと深い縦皺《たてじわ》が出現した。

「で、昨夜のきみの、突拍子もない話のことなんだが」

「は、はい」

いよいよ尋問か、と希翔は首を竦める。

「私の実家のことを、いったいどうやって調べた？　目的はなんだ？　きみが産業スパイなら、こちらも相応の対応を取らねばならない」

「ええっ⁉」

いつのまにか産業スパイ扱いされていて、希翔は仰天した。

「そんな、誤解です……！　俺は本当にただの学生で……」

「なら、なぜ私の身許を探るような真似をした？　よく深夜に会ったのも偶然ではないんだろう？」

「そ、それは……」

進退窮《きわ》まり、言葉に詰まると、テーブルの上のウサ吉が言う。

「もう、全部ホンマのことぶっちゃけるしかないやろ」

「う、うん……」

信じてもらえようがもらえまいが、それしかないようだ。

希翔は覚悟を決め、口を開く。

「俺自身も、最初は信じられなかったので、副社長さんに信じてもらえるとは思えないんですが、昨晩話した通りです。このぬいぐるみ……俺はウサ吉って呼んでるんですけど、あなたのことや屋敷のことは、ウサ吉から聞きました。この子はあなたのお母さまのエミリーさんのものです。エミリーさんが亡くなった時、どさくさに紛れて売りに出されて、紆余曲折を経て俺がリサイクルショップで話しかけられて買いました。買ってくれないと末代まで祟るって脅されたから……」

「その話はええんや」

ウサ吉の突っ込みを受けつつ、希翔は昨晩と同じ話を繰り返す。

すると、理章は深々とため息をついた。

「きみ、大学生だろう？　そんな、ぬいぐるみが喋って自己主張するなんてお伽噺《とぎばなし》、信じてもらえると思うのか？」

「だから、最初からそう言ってるじゃないですかっ」

「本当のことを言わない気なら、こちらも厳しい対応を取らせてもらうまでだ」

希翔と理章の押し問答が続いていると、ウサ吉が言う。

「希翔、これからわいの言うことを、正確に理章に伝えてや」

「え？　う、うん」

するとウサ吉は、立て板に水のごとくマシンガントークを炸裂させる。

「おまえ、ガキの頃はエミリーにべったりやったのぅ。あれはおまえが五歳の頃やった。エミリーがわいを可愛がるのにヤキモチ焼いて、わいのこと二階の窓から庭に放り投げたやろ？　あん時木の枝に引っかかって尻が破れて、今でも傷が残っとるんやで」

希翔がその通り「あの、ウサ吉がこう言ってるんですけど」と伝えると、理章の顔色が変わった。

「なぜ、それをきみが知っている⁉」

「だから、ウサ吉の言葉を通訳してるって言ってるじゃないですか～！」

再び押し問答が始まると、ウサ吉が畳み掛けてくる。

「理章、ホンマはわいのこと、憶えてるんやろ？　おまえ、エミリーに愛されとるわいのこと、ずっと気に入らんかったもんなぁ。エミリーはわいに、いつもファーストフラッシュの一等ええ茶葉で紅茶を淹れてくれた。うまかったなぁ。ホンマはわいらのお茶会に加わりたかったくせに、紅茶嫌いなふりして、意地っ張りなやっちゃ。今でも紅茶は飲まへんのか？」

再びそれを伝えると、理章の表情は歪み、そして唸るように「……母が愛飲していた茶葉のメーカーは？」とウサ吉を睨みつけて問う。

「決まっとるがな、英国王室御用達の、H社のダージリンや。砂糖なし、ミルクなしのストレートが、わいとエミリーのお好みや！」

自信たっぷりの返事に、理章の形相はますます険しくなる。

「……私は信じないぞ。母も、このぬいぐるみが喋るなどとよく言っていたが、そんな非現実的なことがあってたまるか……！」

「あ、今ウサ吉がエミリーさんのだって認めましたよね？　てか、ウサ吉が喋るって知ってるんじゃないですか」

「……うるさい！」

そう吠えると、彼は立ち上がり、部屋のドアを開けた。

「行くぞ、ついてこい！」

「え、どこへ？」

訳がわからないまま、ウサ吉を抱えた希翔はなかば強引に連れ出されてしまう。

理章が向かった先は会社の地下駐車場で、彼は愛車らしき黒の高級外車に乗り込んだ。

「あ、あの……」

仕事中に社外へ出るのはまずいのでは、と言いたかったのだが、とても言い出せる雰囲気ではなく、希翔はシートベルトをつけた助手席で身を縮めるしかない。

理章は都内の道路を飛ばし、やがて車は目的地へと到着する。

そこは、あの田園調布にある屋敷だった。

入り口の電動ゲートを開け、敷地内の駐車場に車を停めると、理章は玄関の鍵を開ける。

――お屋敷に連れてきて、どうするつもりなんだろう？

理章の意図がわからず、戸惑っていると。

「なにをしている。さっさと中へ入れ」

「は、はい」

不機嫌にそう促されたので、急いで彼の後に続く。

大理石の玄関は吹き抜けで、かなり天井が高い。

どうでもいいが、そこだけで確実に希翔のアパートの部屋よりも広かった。

ざっと見回しただけでも廊下は果てしなく広がっていて、個人の邸宅というより、美術館のようだ。

玄関を入った正面の壁には、大きな肖像画がかかっている。

それは、二十代半ばの美しい、金髪の女性が白いワンピース姿で椅子に座り、微笑んでいる絵だった。

「懐かしいわぁ、あれがエミリーや」

「そうなんだ。すごく綺麗《きれい》な人だね」

ウサ吉の話では、この肖像画はエミリーが理章の父親の憲之と婚約し、ロンドンから日本に来たばかりの頃に描かれたものらしい。

それを見ただけで、憲之がどれほど彼女を愛していたのか、よくわかるエピソードだなと希翔は思った。

しかし、中を見れば見るほど置かれている家具や調度品も高価そうで、こんなに素敵なお屋敷なのに十五年も誰も住んでいないなんてもったいなさ過ぎる。

「本当に素晴らしいお屋敷ですね」

今まで見たこともない豪邸に、希翔は思わず素直な感想を漏らすが、理章の不機嫌は変わらず、眉間に皺を寄せたまま彼を振り返った。

「おまえが本当に母のぬいぐるみだというなら、母の部屋を当ててみろ」

と、希翔の腕の中のウサ吉に向かって、宣戦布告する。

どうやら、ウサ吉が本物かどうかを、さらなるテストで見極めるためにここへ連れてきたらしい。

どうする？　とウサ吉を見ると、彼は「受けて立とうやないか」と希翔に階段を上がるよう促した。

夜なので動けるが、自力で階段を上がるのが面倒らしい。

ウサ吉の指示に従って、デコラティヴな板張りの階段を上がり、二階の廊下を進む。

理章は、疑い深い眼差しでそんな二人を観察しながら、後ろからついてきた。

「そこや、左の、三番目のドア」

「ここ？」

ウサ吉に確認すると頷いたので、希翔は理章を振り返る。

「あの、この部屋だって言ってますけど」

「……」

どうやら当たっているらしく、理章は無言だ。

「ああっ、懐かしいエミリーの匂いがするで……！」

鼻をひくひくさせたウサ吉は希翔の腕から身を乗り出し、前足を使って器用にドアを開けてしまった。

そして、ぴょんと床に飛び降りると、目にも止まらぬ早さで部屋の中へ入ってしまう。

「あ、こら、ウサ吉⁉」

理章と二人で慌てて後を追い、中へ入ると、そこはひっそりと静寂を漂わせた、不思議な空間だった。

広さが二十畳ほどの室内には、オフホワイトを基調にした壁紙に家具やソファーセット、窓際にはシックな年代物のドレッサーが置かれている。

その上には、まるで今も部屋の主が毎日使っているかのように、化粧品や香水が並べられていた。

「……私は片付けたいんだが、父が駄目だと言って聞かなくて、十五年以上そのままだ。自分もここには寄りつきもしないくせに、勝手なものだ」

理章が、苦々しげにそう呟く。

ふと見ると、飾り棚の上にはたくさんの写真立てが並べられていて、希翔はそれに視線を奪われる。

ほとんどが、写真館で撮影されたらしい家族写真だった。

豊かな長い巻き毛の金髪を結い上げたエミリーが寄り添っている、スーツ姿の男性は、恐らく理章の父親の憲之だ。

痩せ形で長身の、少し気難しそうな風貌だ。

そして、二人の間で妙に生真面目な表情で写っているのは、中学生くらいで制服姿の理章だった。

「素敵な家族写真ですね」

希翔が言うと、理章は「母にせがまれて、無理やり撮らされていただけだ」と素っ気ない。

どうやら、エミリーは記念写真が好きらしく、理章の幼稚園、小学校、中学校入学や卒業などの節目節目に家族写真を撮影していたらしい。

まるで、早くに亡くなる自らの運命を察しているかのようだ、と希翔は思った。

一枚一枚写真を見ていくと、中にはウサ吉を腕に抱き、微笑むエミリーの姿もある。

「あ、ここにウサ吉写ってますよ？」

これは証明になると喜び勇んで報告したが。

「ぬいぐるみなんて、どれも似ている。証拠にはならん」と一蹴された。

「理章さん、認めたくない気持ちはわかりますけど、いい加減現実を受け入れましょうよ」

と、希翔はベッドを指差す。

そこでは、まるでエミリーの残り香を辿るように、いつのまにかウサ吉がベッドの中に潜り込み、もぞもぞと動いていた。

それに気づくと、理章は般若の形相でベッドの中に手を突っ込み、ウサ吉を引きずり出す。

「ウサ吉の声は聞こえなくても、動いてるのは見えてるでしょう？　こいつ、夜だけ動けるんですよ」

「……うるさい！　部屋を出るぞ！」

聞く耳持たずの理章は、二人を母の部屋から廊下へと追い出した。

「今のはただのまぐれかもしれん。母が、いつも座っていた席はどこだ？」

一階へ下りると、理章は懲りずにまたそう問い質してくる。

すると、ウサ吉は希翔に指示し、サンルームへ向かった。

みごとな英国式庭園が一望できる、ガラス張りのサンルームには、白いテーブルセットと椅子が三脚あり、ウサ吉は一番右端の椅子にぴょんと飛び乗る。

「ここがエミリーの特等席や。この場所からはよく庭が見えるからのぅ。わいをテーブルの上に載せて、いつも庭を眺めとった」

希翔がそう伝えると、理章は再び沈黙した。

どうやら、それも正解だったらしい。

「もう、いい加減認めろや。わいは、おまえが知っとった、エミリーの大事なぬいぐるみのアーサーや。あ、これはわいのホンマの名前で、そう呼んでええのはエミリーとナンシーと、アナベルだけなんやけどな」

希翔が伝えると、理章の眉間に深い縦皺が刻まれた。

ウサ吉によると、ナンシーというのがエミリーの母親で、アナベルがエミリーの祖母らしい。

ウサ吉の名付け親は祖母のアナベルで、以来エミリー達に百年以上その名で愛されてきたようだ。

「ほかにも、私の可愛いウサギちゃんやら、スイートハートとも呼ばれとったがのぅ」

彼の反応から、それが事実だというのを察し、希翔はコメントは差し控えた。

すると、ようやく観念したのか、理章が渋々口を開く。

「……もういい。わかった。仮に百万歩譲って、それが母のぬいぐるみだったとしよう。だが、母はもうとうの昔に亡くなっているんだ。今さら私にどうしろと？」

「えっと……俺も、ものすごく図々しい望みだとは思うんですけど」

と前置きし、希翔はウサ吉が再びこの屋敷で暮らしたいと望んでいる旨を説明した。

「『どうせ誰も住まんとほったらかしにしとるだけなら、わいを置いてくれてもええやんけ』と言ってますが」

「はぁ？　こんな、夜になると勝手に歩き回る呪いのぬいぐるみを、家の中に放し飼いになんてできるわけないだろうが……！」

「『わいは呪いのぬいぐるみちゃうわ！　金持ちのくせにケチケチしたこと言いなや。どうせおまえも憲之も、ここには住まへんのやからええやろ』と言ってます」

「ちっともよくない！　第一、なぜ英国製造のぬいぐるみがエセ関西弁なんだ!?　意味がわからん！」

「そこ、今さら突っ込みます？　話すと長くなるんですけど」

希翔は、ウサ吉のこの屋敷から売られた後の約十五年、関西にある運送会社社長の屋敷で暮らしていた経緯を説明する。

理章は、それをイライラと足を踏み鳴らしながら聞き終え、吠える。

「そんなこと、この際どうでもいい！」

「なら、最初から聞かないでくださいよ〜もう」

希翔もだんだん疲れてきて、その場にしゃがみ込む。

見ると、ウサ吉はサンルームの柱にしっかと両手を回してしがみついている。

「わいはもう、ここからテコでも動かへんで〜！」

「あんまり副社長さんを困らせるなよ。今日のところは帰ろうぜ」

「いやや、いやや〜〜！」

いくら宥めても、久しぶりにエミリーの写真を見たせいか、ウサ吉はすっかり駄々っ子になってしまって、ごねまくる。

声は聞こえずとも、そのジェスチャーでだいたいの内容は察したのだろう。

理章が、また深々とため息をついた。

「何度も言うが、こいつを一人でここに住まわせるわけにはいかん」

「ですよね……」

「だから、きみも一緒に住んで、この屋敷の清掃管理の仕事をするというなら、考えないこともない」

「……え？」

予想だにしていなかった提案に、希翔は大きな瞳をぱちくりさせた。

「俺も、ですか？」

「ごらんの通り、ここは長年空き家のままで、今は定期的に清掃業者と庭師を手配して維持管理されている。掃除をきみが引き受けるなら、コスト削減にもなるからな。ただし、このぬいぐるみに、絶対に好き勝手をさせないこと。それが条件だ」

「ほ、本気ですか？」

「きみの仕事ぶりは、今まで見させてもらったからな。仕事仲間からの評判もよかったぞ。ここを売るまでの間くらいなら、任せても大丈夫だと判断した」

理章の言葉に、希翔は思わずウサ吉を振り返る。

「え……このお屋敷、売っちゃうんですか？」

「ずっと放置していたからな。そろそろ潮時だ」

どうやら理章は、屋敷の売却が決まるまでの短い期間なら、ウサ吉の好きにさせてやろうと考えたようだ。

「ずっとというわけにはいかないが、その程度の譲歩で納得してもらってくれ。ただし、そのぬいぐるみは絶対母の部屋には入れないように……！」

「は、はい……でもあの、クリーンスタッフの仕事はどうすれば……？」

「会社には、私からうまく言っておく。これからは私がきみの雇用主だ」

そう言って、理章はキーホルダーから鍵を抜き、希翔に投げてよこした。

「言っておくが、私はまだ完全にきみを信用したわけじゃない。言いにくいが、盗難等あったら、すぐ警察に通報するので、そのつもりでいてくれ」

「……わかってます」

理章の立場からすれば、たとえ会社で雇ったバイトとはいえ、見ず知らずの人間を元自宅に住まわせるなど、正気の沙汰ではないだろう。

だが、それを踏まえた上で、ウサ吉を屋敷に置いてくれるだけでありがたかった。

――なんだか俺までここに住むことになっちゃったけど、いいのかな……？

あまりに予想外の展開だったので、希翔は戸惑ってしまう。

「きみの仕事だが、日中大学には通っていいが、ほかのバイトは辞めて、それ以外の時間はここでそのぬいぐるみを見張ってほしい。追って、契約書を作成するから、サインしてくれ」

「わかりました」

理章から提示された時給は、クリーンスタッフのものよりさらに高額だったので、希翔としては断る理由がなかった。

「あの、もうすぐ夏休みに入るので、そうしたら完全に清掃業者の方は休んでいただいて大丈夫だと思います。俺一人でやれますから」

無理を聞いてもらい、こんな豪邸に住まわせてもらうのだから、せめて与えられた仕事はちゃんとこなしたかった。

「わかった」

決断すると後は早いのか、理章はその足で屋敷内を簡単に案内してくれる。

一階には家族が生活するリビングとダイニング、そこから続くサンルームと、それに来客用応接間に大広間、アイランドキッチン、バスルームと独立したランドリールームがある。

さすがに十五年近く無人だったので、設備等は昔のままだが、高級外国製ドラム式洗濯機が二台もあって、希翔はぜひ一度使ってみたいと内心テンションが上がってしまう。

二階はさきほど見たようにエミリーと理章、それに父・憲之の私室とゲストルームが三つ。

驚いたことに、ゲストルームにはそれぞれバストイレ付きだ。

想像以上の豪邸に、希翔は本当に自分がここで暮らすイメージがまるでわかなかった。

「一階のランドリーの洗濯機やキッチンのものは、生活するのに好きに使ってかまわない。家財道具は家を売る時、どうせすべて処分するからな」

「……やっぱり、どうしてもこのお屋敷、売らないといけないんですか……?」

思わず希翔が聞いてしまうと、理章はつと目を逸らす。

「……ずっと売ろうと思っていたが、つい後回しにしていただけだ。これがいい機会だからな」

「やい！　理章！　おまえ、それでもエミリーの息子か？　エミリーがあんなに愛した庭を他人に売り渡すなんぞ、なんて親不孝なんや！」

ウサ吉の言葉を一応伝えたが。

「ぬいぐるみに非難される筋合いはない」と一蹴されてしまった。

「ここがゲストルームだ。きみの部屋として使ってくれ」

「ありがとうございます」

ゲストルームのうちの一室を与えられ、理章と共に階下へ戻る。

「では、後は任せる。私はそのぬいぐるみのせいで頭痛が悪化してきたから、帰るぞ」

「あの、ウサ吉が、『わいのことぬいぐるみ呼ばわりすんな』って抗議してるんですけど」

そう伝えると、理章はじろりとウサ吉を睨んだ。

「よかろう……！　なら、私もウサ吉と呼んでやる。それで満足か!?」

癇癪を炸裂させると、理章は憤然と屋敷を出ていってしまった。

「ふん、怒りっぽいやっちゃのう。カルシウム足りてへんと違うか？」

「いやぁ、今のはぬいぐるみに屋敷乗っ取られた人の正常な反応だと思うよ？」

なんだかどっと疲れてしまい、希翔は椅子に腰掛ける。

すると、柱にしがみついていたウサ吉は、希翔の足に短い両手を回してよじよじと登り、膝の上にぴょんと飛び乗った。

「とにかく、おおきに！　希翔のおかげで、この屋敷に戻れたんや！　ホンマおおきに！」

「よかったな。けど、俺まで一緒に住むことになっちゃったけど、いつまでなんだろう？」

短期間ならアパートはそのままでいいが、あまり長いようだと解約しなければならないだろうか？

そんなことを考えていると。

「そんなん、ここに住んでまえばこっちのもんや。理章に売らせんようにすればええだけやろ」

と、ウサ吉は見るからに悪い顔でキシシ、と笑う。

「わ、すごい悪いこと考えてるな、おまえ。まさかこのお屋敷を本気で乗っ取るつもりか？」

「まだ時間はあるんやから、その間にここを売りとうなくなるよう、希翔が理章の気持ちを変えればええんや」

「おい、まだ俺をこき使うつもりかよ？　カンベンしてくれよ～！」

ウサ吉とモメていると、屋敷の外から短いクラクションの音が響いてくる。

窓から外を見ると、理章が早く来い、というように合図していた。

てっきり先に帰ってしまったのかと思いきや、どうやら会社まで送ってくれるつもりらしい。

「案外、いいとこあるじゃん、理章さん」

「ふん、どうやろなぁ。所詮はワガママな金持ちのボンボンちゃうか～」

と、ウサ吉の理章への評価はあくまで厳しい。

「そうかなぁ、理章さん、このお屋敷のことはただ放っておいただけじゃないと思うよ？」

「なんでそう思うんや？」

「だって、今日急にここに来ることになったけど、理章さんはキーホルダーにこのお屋敷の合い鍵つけてただろ？　どうでもよかったら、毎日肌身離さず持ってないと思う」

そう言うと、ウサ吉もそれはそうかも、と思ったようだったが、「久しぶりに話したけど、やっぱいけ好かん奴やわ～」と悪態をついたのだった。

どうやら二人は、この屋敷で暮らしていた頃から折り合いが悪かったらしい。

◇　◇　◇

そんなこんなで、とりあえずはウサ吉の思惑通り、なんとか屋敷に戻ることができた。

その日は理章に会社に送ってもらってからいったんアパートに戻り、当座の着替えや洗顔用具などを鞄《かばん》に詰め込み、翌日改めて屋敷へ向かう。

すると、すぐに理章が手配したらしい弁護士が現れ、雇用契約書を持参してきた。

この屋敷の管理、掃除を住み込みで担当するという内容で、さらにここで見聞きしたことは口外しないという守秘義務が課せられたのでそれも了承する。

とにかく、ウサ吉を一人で屋敷に置かないというのが理章の第一条件なので、日中は大学へ連れていき、帰宅すると勝手な行動をしないよう見張ることにする。

どうやら、理章はよほどウサ吉がなにをしでかすかわからないと警戒しているようだ。

一方、希翔は売却するまでは好きに使っていいと言われたものの、元々貧乏性な上、こんなに広い屋敷に住んだことがないので身の置きどころがない気がした。

与えられたゲストルームはバストイレ付きだったので、そこを拠点に、後は一階のランドリーとキッチンを使い、掃除以外で私物などには不必要に触らないように気をつける。

「さぁて、どこから手をつけようかなぁ」

とにかく、まずは掃除だと、希翔は張り切って持参してきた黒のエプロンをつけた。

定期的にクリーニング業者が入っていたらしいが、なにせこの屋敷は広いので、細かいところまで含めれば実に掃除のし甲斐がある。

屋敷に揃っていた掃除用具や洗剤を使い、希翔はまず二階から始めることにした。

昼間は講義があるので、早朝や夜、それに休日にと短い時間であちこちマメに磨き上げる。

雇用主である理章には定期的にメールで現状を報告し、彼も会社帰りに数日置きくらいに立ち寄っていた。

が、ウサ吉とは依然相性が悪いのか、すぐ帰ってしまう。

こうして、新しい生活に慣れるまでバタバタしているうちに、前期のテストも無事に終わり、大学が夏休みに入った。

理章の言いつけ通り、ほかのバイトは辞めたので、これで思う存分掃除ができるとさらに張り切る希翔だ。

余談だが、理章はウサ吉のための最高級紅茶の茶葉を購入する費用も必要経費として認めてくれたので、ありがたく高級スーパーで買ってきた。

せっかくの逸品なので、ネットでおいしい淹れ方を検索してから飲んでみると、紅茶にはまるで詳しくない希翔にも違いがわかるほどのおいしさだった。

「わ〜、おいしいね、全然渋くない！　こんなにおいしい紅茶、初めて飲んだよ」

「そうやろそうやろ、希翔の淹れ方も初めてにしてはなかなかのもんやが、まだまだ改善の余地はあるで。もっと精進しいや」

エミリーとお茶会を開いていた頃愛用した、英国製高級カップを両手に持ち、顔を突っ込んでいるウサ吉はご満悦である。

イギリスでは夏でもホットティーを好む人が多いらしく、ウサ吉もホット一辺倒だ。

ウサ吉は、生前エミリーが好んで座っていたサンルームのテーブルの上にいたがるので、動けない日中は大体そこに置いてやる。

そして彼は紅茶以外欲しがらないので、希翔が食事をしている時は食卓の上かキッチンの棚の上で大人しく待ち、食後に紅茶を淹れて二人でゆっくり飲むのが日課になった。

こうして、希翔とウサ吉の新生活が始まったのだ。


この日も、朝から炎天下の中で屋敷の外回りを重点的に掃除していると、あっという間に一日が終わってしまった。

「あ～熱中してたら遅くなっちゃったね」

ふと気がつけば夜の九時を回ってしまい、かなり空腹だ。

希翔は冷蔵庫の中身をチェックし、残り物の野菜で手早く作れるメニューを考える。

「ウサ吉には、食後に紅茶淹れてやるから待ってろよ」

「おおきに」

キッチンは道具類は揃っているが、調味料はあれこれ自宅から持ってきておいて正解だった。

刻んだ白菜とキャベツに人参などを、豚バラ肉と一緒にさっと炒め、醤油《しょうゆ》と胡麻油《ごまあぶら》、それにニンニクペーストで味つけする。

「ん～いい匂い」

食欲をそそる香りを堪能していると、ふいに玄関の方で人の気配がした。

やがて、スーツ姿の理章がキッチンまでやってくる。

「あ、理章さん。お帰りなさい。お仕事お疲れさまです」

フライパンを振りながらそう出迎えると、理章は意表を突かれたのか、いったん沈黙した。

そして、「抜き打ちチェックに来た。ウサ吉はおかしな真似していないか？」と尋ねてきた。

「はい、ちゃんと見張ってますから大丈夫です」

そこで、市販の蒲焼《かばや》きのタレで煮詰めていた茄子《なす》が、いい照り具合に仕上がったので、希翔は丼を用意する。

「あ、理章さん。夕飯食べましたか？　俺、これからなんで、よかったらどうですか？」

なにげなく誘うと、理章は困惑した様子で、「いや、私は食べてきたから……」と言いかけた。

が、そこで絶妙のタイミングで彼の腹の虫が鳴ったので、希翔はくすりと笑う。

「……この、ニンニクの香りが悪い」

理章は、憮然《ぶぜん》とそう言い訳する。

「遠慮しないでください。あるもので作った節約料理なんで、味の保証はしませんけど」

「……では、お言葉に甘えていただこう」

ようやく理章が了承したので、希翔は明日の昼食用に多めに作っておいてよかったと思った。

「あ、理章さん、手を洗ってうがいしてきてくださいね」

「あ、ああ……」

その間に、急いで出来上がった料理を二人分に盛りつけ、ダイニングテーブルへ運ぶ。

「お待たせしました。さぁ、どうぞ！　材料費激安の、野菜マシマシ豚バラ肉野菜炒めに、茄子の鰻丼《うなどん》で～す」

「茄子の鰻丼……？」

そのメニュー名に、理章が不可解な表情になる。

炊きたてのほかほかごはんが山ほど盛られた丼の上には、いい照り具合に焼けた茄子の開きがドンと載せられている。

「まぁ、食べてみてください」

勧められ、理章は丼と箸を手に取って一口食べた。

咀嚼《そしゃく》し、「……鰻の蒲焼きのタレ味が染みた、茄子だな」と感想を述べる。

「見た目はそっくりでしょ？　茄子の下に、鶏のむね肉も入ってるんですよ」

ラップに包んだ茄子をレンジで加熱し、皮を剝《む》いた後、真ん中から開くと鰻の蒲焼きそっくりの形になるのだ。

それをフライパンで、そぎ切りした鶏のむね肉と一緒に蒲焼きのタレで煮詰め、刻んだ海苔《のり》を散らしたごはんの上に盛りつけ、山椒《さんしょう》を振りかければ完成である。

「鰻丼かどうかは見解の相違があるが、味はうまい」

一応褒められ、希翔は嬉しくなった。

「へへ、ありがとうございます。こないだ、ネットでレシピ見つけたんですよ。鰻、本物は高くて買えないから、気分だけでもと思って。あ～おなか空いた！　いただきます」

パンと両手を合わせ、希翔も元気よく茄子の鰻丼を掻き込む。

慌てていたので味見もろくにしなかったが、なかなかよくできているかな、と内心自画自賛する。

「あと、すり下ろした山芋を海苔の上に載せて、蒲焼きのタレで煮詰めてもなんちゃって鰻丼になるらしいんですよ。試してみたいけど、山芋もけっこう高いんで、迷ってるとこです」

「……山芋くらい、いくらでも必要経費で買えばいいだろう」

「え、いいんですか？　やった！　そしたら、作る時は連絡しますね」

「……なぜ、そうなる？」

「だって、材料費出してもらったら、理章さんにもご馳走しないと悪いじゃないですか」

なにかおかしなこと言ってます？　というように、希翔が首を傾げる。

「きみはなんというか……少し変わっているな」

「え、そうですか？」

「いまどきの若い子は、もっとドライだと思っていた。だいたい、あんな得体の知れないぬいぐるみの頼みを聞いて、こんな仕事をするハメになって、きみはそれでいいのか？」

すると、それが聞こえたのか、大人しく食後の紅茶を待って棚の上にいたウサ吉が長い歯を剝き出しにして威嚇している。

「理章の分際で偉そうなこと言いおって！　いてまうぞ～ごらぁ！」

「ウサ吉、怒ってますよ」

「聞こえるように言ってるんだ」

と、相変わらず険悪な理章とウサ吉である。

「う～ん、最初は末代まで祟るって脅されたからなんですけど、意外と可愛いとこもあるんですよ？　ウサ吉。一途にエミリーさんのこと慕ってるから、なんだかかわいそうになっちゃって。

それに、俺もいいバイトにありつけたし、収入的にはすごく助かってるからおあいこです」

「……そうか」

「ごはん、まだあるのでお代わりしてくださいね」

大学が休みに入り、このところ食事はずっと一人だったので、一緒に食べてくれる人がいるのは嬉しくて、希翔はにっこりした。


それから数日はまた真夏日が続き、再び会社帰りに理章がふらりと立ち寄った。

この暑さなのに、毎度きっちりとしたスーツ姿を崩さない、さすがの伊達男ぶりである。

「こないだご馳走になった礼だ」

と、彼は幾分つっけんどんに提げていたビニール袋を差し出す。

「え、お土産ですか？　わぁ、ありがとうございます！　なんだろ？」

希翔はウキウキしながら、中に入っていた折り箱を開けてみる。

すると、入っていたのは見るからにおいしそうな、鰻の蒲焼きだった。

「えええっ⁉　ど、どうしたんですか、これ⁉」

「その辺の川で釣ってきたとでも？　買ってきたに決まっているだろう。あんまりきみが鰻の蒲焼きに執着していたのが、目に余ったんでな」

「マジですか？　でも、悪いですよ。俺の節約料理なんかで鰻のお礼じゃ、まさに海老《えび》で鯛《たい》を釣るってやつで」

「私は借りを作らない主義だ。私がいいと言っているんだから、素直に受け取ればいい」

理章は照れ隠しか、素っ気なく言い捨てる。

「わかりました。すごく嬉しいです。さっそくいただきますね。わ、三、四人分くらいありますね。もちろん理章さんも食べていくでしょう？」

「いや、私は今日は帰る」

理章がそう答えると、テーブルの上に立って二人のやりとりを聞いていたウサ吉が、大きな後ろ足でタシタシ、とテーブルの上を叩いてみせた。

「……なんだって？」

「えっと……『希翔の料理が食べたくて、最初から多めに買ってきたくせに、格好つけんなや』だそうです」

微妙に言いにくそうに、希翔が通訳する。

「なんだと？　わ、私は決してそんなつもりでは……っ」

「それ、ホントだったら嬉しいな」

「え……？」

希翔の思いがけない言葉に、ウサ吉を締め上げようとしていた理章の手が止まる。

「俺なんかのテキトー料理、また食べたいって言ってもらえるなんて、思わなかったから嬉しいです。それに一人で食べるのって、味気ないし。ウサ吉は紅茶しか飲まないから、ごはんは食べないんですよ。よかったら一緒に食べましょう。ね？」

「あ、ああ……」

希翔に笑顔で言われると、理章もそれ以上意地を張ることなく、大人しく洗面所に手洗いに向かう。

その間に、希翔は丼にごはんを大盛りにし、鰻の蒲焼きをどんと盛り付け、用意した。

こうして、また二人での晩餐《ばんさん》が始まる。

「いただきます！　うわ〜、鰻なんて何年ぶりだろ。う〜ん、身がふわふわ！　すっごくおいしい鰻ですね」

「きみはいつも、賑やかで楽しそうだな」

理章との食事は、他愛もない話をするくらいだったが楽しくて。

いろいろ話しているうちに、あっという間に時間が過ぎていく。

帰り際、理章が言いにくそうに振り返る。

「結果的に、きみに食事を作ってもらっているから、これから必要経費に食材費をプラスしておく。好きに使ってくれ」

「え、でも鰻は理章さんが買ってきたんだし……」

「私がいいと言っているんだから、いいんだっ」

と、理章はそう言い捨てるとさっさと帰ってしまった。

「お金もらうような料理じゃないのに、いいのかなぁ」

窓から車に乗り込む理章を見送っていると、ウサ吉がピョンと棚から飛び降りてくる。

「理章の奴、希翔の作る飯が気に入っとるんや。なんでも金で解決しようとしよって、やらしいやっちゃ」

「ウサ吉は理章さんにキビしいなぁ。理章さん、経済誌なんかの、独身女性が憧れるセレブ御曹司特集とかから取材されたこともあるらしいよ」

「けっ、あんなボンボンの嫁になったら苦労するでぇ」

ウサ吉の評価は低いが、同性の自分から見ても理章は眉目秀麗、頭脳明晰、家柄も申し分なしと三拍子揃っている希少価値の高い存在だと思う。

あれでは黙っていても、女性達からモテてしかたがないだろう。

——理章さん、あんなにイケメンでお金持ちでパーフェクトなのに、どうして結婚しないんだろ？

ふと、そんなことが気になった。

それから、さらに数日。

その日、今日は行くと理章から連絡があったので、希翔は二人分の夕飯を用意して彼を出迎えた。

夜九時を回った頃、熱帯夜の中やってきた理章はなにやらげっそりしている。

「どうしたんですか？　なんか疲れてません？」

「……まぁな。すまないが、食事の後、しばらく避難させてくれ。邪魔が入って仕事にならん」

「は、はい」

よく事情がわからなかったが、理章は集中して仕事をしたい様子だったので、希翔は急いで彼に食事を出してやった。

夕飯を終えると、理章は応接間のソファーで持参してきたモバイルパソコンを使って仕事を始めたので、希翔は邪魔をしないようにキッチンで紅茶の支度をする。

「理章さん、疲れてるみたいだね。紅茶に蜂蜜《はちみつ》入れてあげようかな？」

テーブルの上で紅茶を待っているウサ吉にそう話しかけると、ウサ吉はふん、と鼻を鳴らす。

「そこまで甘やかしてやること、あらへん。これやと希翔は、理章のメイドさんやんけ」

「そんな大したことしてないだろ。たまにごはん作るくらいで。あんなに食材費もらっちゃったら、逆に作らない方が心苦しいよ」

「カ〜っ、ホンマ人のええやっちゃのう。希翔みたいなんが一番大損するんやで？」

「いやいや、誰より俺の人の良さにつけ込んでるの、おまえだよね？」

と、ウサ吉に説教されたり突っ込んだりしていると、ふいに玄関の方で人の気配がした。

あれ、理章は応接間にいるはずなのに、おかしいな、と希翔は立ち上がる。

「理章さん？　もう帰るんですか？」

そう声をかけながら廊下へ出ると、いきなりスーツ姿の男性と鉢合わせしてしまった。

年の頃は、五十代後半といったところだろうか。

髪に白髪が交じっているが、長身で見栄えのする、なかなかのロマンスグレーだ。

いかにも高級そうな仕立てのスーツをまとっているので、どう見ても空き巣には思えない。

「だ、誰……⁉」

反射的に飛びすさると、先方もふいに現れた希翔に驚いたらしく、目を瞠《みは》る。

「きみこそ、誰だ⁉　ここは私の屋敷だぞ⁉」

「……え？」

言われてまじまじと見ると、男性は目許や鼻筋などが理章によく似ていた。

そうだ、会社のホームページで見たことのある、海棠物産社長の海棠憲之氏だった。

「あ……ひょっとして、理章さんのお父さまですか？」

「そうだ。理章は、ここにいるのか？」

「は、はい、応接間にいらっしゃいます」

そう答えると、憲之はつかつかと応接間に向かったので、希翔も慌てて後を追う。

「理章さん、お父さまがいらっしゃってますけど……」

報告するより早く、男性は乱暴にドアを開け、中へ入ってしまう。

テーブルの上でパソコンを開き、仕事をしていた理章は「父さん!? どうしてここが……?」と驚いた様子で立ち上がった。

「おまえの行きそうな心当たりは、すべて捜したが盲点だった。まさか、ここにいたとはな。なぜ私からの電話に出ない？」

「それは……父さんがあまりにしつこいからですよ。見合いの件は、断ってほしいとお願いしたじゃないですか」

うんざりした様子で、理章が答える。

「あんないい縁談、そうはないお話なんだぞ？ せめて一度会ってみるくらいはいいだろう？」

「先方は、かなりいい家柄のお嬢さんなんですよ？ 会ったが最後、こちらから断るなんてできるわけないでしょう」

「そんなことばかり言っているから、おまえは三十過ぎてまだ独身なんだ。いい加減に身を固めて、私を安心させようという気持ちはないのか？」

と、目の前で親子ゲンカを始めたので、希翔は慌てて止めに入る。

「ま、まぁ二人とも落ち着いてください。今、紅茶淹れますから。ね？」

第三者の介入に、二人はバツが悪そうに押し黙った。

「そんなことより、彼は誰だ？　ここでなにをしている？」

今度は、憲之の怒りの矛先は希翔に向けられる。

「……この屋敷の清掃管理を、住み込みで担当してくれている希翔くんです。ここを売却するまでの間だけのことですが」

すると、それを聞いた父の表情が一変した。

「なんだと？　ここを売る？　そんなこと、この私が許さんぞ⁉」

が、理章も父の激昂に負けてはいない。

「母さんが亡くなって以来、寄りつきもしなかったくせに、なにを言っているんですか。そんなに大事なら、名義を私に書き換えたりしなければよかったんです」

と、再びモメ始めたので、希翔はこりゃ駄目だ、と一人キッチンへ向かう。

そして、丁寧に紅茶を淹れ、温めておいた来客用カップに注いで応接間へ運んだ。

「とりあえず、座って紅茶でも飲みながら、ゆっくりお話しされたらいかがですか？」

その間も言い争いを続けていたらしい理章と父は、気まずそうにソファーに腰を下ろした。

父は体裁を取り繕うように紅茶を一口飲み、「これは……」と絶句する。

「エミリーがよく飲んでいたものと、同じ味だ……」

すると、理章が希翔に向かって言う。

「すまないが、ウサ吉を連れてきてくれないか」

「はい、わかりました」

言われて、希翔はキッチンにいるウサ吉の許へ走る。

「ウサ吉、理章さんのお父さんが来てるよ！」

彼はエミリーの夫なので、なんだかんだ言っても懐かしいだろうと報告するが、ウサ吉はなぜか無反応だった。

「ウサ吉……？」

おかしいなと思いつつも、とにかくウサ吉を抱いて応接間へ戻る。

すると理章はウサ吉を受け取り、父の前に差し出した。

「父さん、このぬいぐるみに見覚えがありますよね？　母さんが大事にしていたものです」

理章がそう告げると、父は信じられないものを見たように、驚愕《きょうがく》で目を瞠った。

が、すぐに目を逸らす。

「……そんなぬいぐるみ、知らん。ぬいぐるみなど、どれも似たようなものだろう」

「ですが……」

ウサ吉の話をしようとしたのか、理章が追い縋ると、父はいきなり立ち上がった。

「とにかく、この屋敷を売ることは許さん……！　絶対にだ！」

そう吐き捨て、彼はやってきた時と同じように唐突に帰っていってしまった。

「まったく、なんなんだ、あの人は……訳がわからん」

理章も、あ然としている。

憲之の極端な拒絶にも驚いたが、なによりあのお喋りなウサ吉が、終始無言だったことが妙に引っかかる希翔だった。


それから。

理章は仕事をするのに快適な環境だと気づいたのか、週に二、三度は屋敷に立ち寄って希翔の作った夕飯を一緒に食べ、それから深夜まで仕事をしてから帰宅するようになった。

それはそれでいいのだが、憲之の来訪以来、なぜかウサ吉の元気がない。

動ける夜になっても、今までのようにあちこちウロチョロすることもなく、力なくテーブルの上に座り込んではため息などついている。

「ウサ吉、ほんとにどうしちゃったんだよ？　おまえのマシンガントークが聞こえないと、こっちも調子出ないじゃんか」

「……別に、なんもあらへん。ただ、なんや頭がぽ～っとするんや。それがどうにも気分悪うてなぁ」

と、ウサ吉がまたため息をつく。

――なんだろう？　ぬいぐるみだから体調不良とか、病気ってことはないだろうけど……。

夕飯を作りながら、心配する希翔だ。

すると、そこで玄関のインターホンが鳴った。

「あ、理章さんが帰ってきたかな」

急いで玄関の鍵を開け、出迎えると、そこに立っていたのは理章の父、憲之だった。

「あ、こんばんは」

「理章はいるのか？」

「いえ、でもこれからいらっしゃる予定ですけど」

どうぞお上がりくださいと、彼の屋敷なのに使用人の自分が言うのもおかしいなと考えているうちに、憲之が勝手に入ってくれたので、ほっとする。

応接間で理章を待つのだろうと思っていたら、憲之はなぜか肉じゃがの香り漂うキッチンへと入ってきた。

「あ、おなか空いてませんか？　理章さんも食べにいらっしゃるので、なにもありませんけど、よかったらご一緒にいかがですか？」

今まで食事はほぼ外食だったせいか、理章は素朴な和食をリクエストしてくることが多い。

希翔としても、レパートリーは簡単なものが多いので助かっている。

今夜も、理章の希望で夕飯は肉じゃがだった。

そう誘ってみると、憲之はじっと希翔を見つめた。

「……きみの履歴書は、会社にあったものを見させてもらった。大学生だそうだね」

「は、はい」

「それでその……いつからなんだ？　理章との関係は？」

「え？　関係？」

意味がよくわからず、きょとんとしていると、憲之は言いにくそうに咳払いした。

「だからその……理章はきみを、この屋敷で囲っているんだろう？」

「……囲う？」

「隠さなくてもいい。だから理章は、見合いを拒否しているんだろう？」

そこでようやく、自分が理章の恋人と勘違いされていることに気づき、希翔は慌てて首を横に振った。

「ち、違います、誤解です！　俺はほんとに、雇われてるだけで……」

「会社のクリーンスタッフを強引に引き抜いて、自分の所有物件に住まわせ、あまつさえ食事を作らせて入り浸っているなんて、どう考えても不自然だろう。見え透いた嘘はやめたまえ」

言われてみれば確かにその通りだったので、これは下手に言い訳しても信じてもらえないなと妙に納得してしまう。

――どうしよう？　カンペキに誤解されてるよ……！

希翔が進退窮まった、その時、再び玄関のインターホンが鳴る。

「あ、きっと理章さんです」

これ幸いに、希翔はそそくさとキッチンを逃げ出して玄関へ向かう。

鍵を開けてやると、果たして今度は理章だった。

「お帰りなさい、あの、お父さまがいらしていて……」

「なに？　また来たのか？」

「それで、なんか俺のこと、誤解してるみたいで……」

そこで希翔は、憲之に理章の恋人だろうと詰問されたことを手短に説明する。

するとなぜか、廊下を歩きながら理章が吹き出した。

「なるほど。だから私が見合いから逃げ回っていると思ったのか。傑作だな」

「笑いごとじゃありませんよ。どうするんですか？」

「せっかくだから、誤解したままでいてもらおう」

「え、ええっ!?」

希翔が驚いているうちに、理章はさっさと条件を提示してくる。

「嘘の恋人手当として、給料に色をつけよう。プラス、これくらいでどうだ？」

「そ、そんな、なんでもお金で解決しようったって、そうはいかな……乗った！」

「交渉成立だな」

魅惑的な給金アップにつられて、瞬時に引き受けてしまったものの、いいのかなぁと悩んでいるうちに、理章はキッチンへ向かう。

そして、待ち構えていた憲之に向かって、朗らかに言った。

「やぁ、父さん。来てたんですか。よかったら一緒に夕食をどうです？　希翔の料理はうまいんですよ。なぁ、希翔？」

と、いかにも親密そうに腰を抱き寄せられたので、希翔もぎこちなくにっこりする。

「まぁ、隠してももしかたないので、こういう訳です。見合いはお断りしてください」

「やっぱりそうだったのか……」

と、憲之は重い吐息を落とす。

「だが、惚《ほ》れた腫れたなど一時の感情に過ぎん。おまえ、今まで女性と交際してきたじゃないか。多少男に寄り道したところで、問題はない。最終的に結婚すればいいだけの話だ」

「父さん、ちゃんと話聞いてました？」

と、また二人がモメ始めたので、希翔は慌てて割って入る。

「とりあえず！　おなか空いたんで、ごはん食べません？」

すると、憲之がダイニングテーブルの上にいるウサ吉に視線をやり、不快そうに顔をしかめた。

「とにかく、このぬいぐるみをどこか見えないところへやってくれ。なんなら、私が処分しよう」

「え……？」

憲之の反応に、希翔と理章は思わず顔を見合わせる。

「わかりました。ちょっと待ってくださいね」

捨てられては困るので、希翔はとりあえずウサ吉をダイニングから持ち出し、別の部屋へ移した。

「ごめんな、ウサ吉。ちょっと辛抱してて」

かわいそうでそう声をかけるが、ウサ吉は無反応だ。

やっぱりなにか様子がおかしいなと思いながらも、急いでダイニングへ戻る。

今夜のメニューは、肉じゃがにアサリの味噌《みそ》汁、ほうれん草のごま和えに、きのこをたっぷりと載せた鮭《さけ》のホイル焼きだ。

いつも通り、翌日の昼食用に多めに作っておいて助かったと思いつつ、急いで急遽《きゆうきよ》三人前に盛り付け、テーブルに並べる。

「大したおもてなしもできなくて、すみません」

こんな貧相な料理しか出せなくて申し訳ないと、希翔は恐縮するが。

「この肉じゃが、よく味が染みていてうまいな。まだあるか？」

理章は味が気に入ったのか、あっという間に肉じゃがの皿を空にしている。

「はい、よかったら、憲之さんもお代わりいかがですか？」

「……食事を出したくらいで、私は懐柔されんからな」

「そんなせこいこと、考えてませんよ。はい、どうぞ」

男三人で囲む食卓は少々気まずい雰囲気ではあったが、とりあえず海棠親子が出した料理を綺麗に平らげてくれたので、希翔はほっとしたのだった。


その後、理章が依頼した不動産会社から購入希望者が見学に来たりしたので、希翔は彼らを案内して屋敷内を見せたりしたが、どこからどう耳に入ったのか、憲之が飛んできて、とりあえず売却の話は保留だと不動産会社にクレームを入れたりと一悶着あった。

「憲之さんと理章さん、モメてるねぇ」

「まったくしょうもない親子やのぅ」

夕食後、希翔はいつものようにウサ吉と共に紅茶を楽しむ。

経費として理章に買ってもらった最高級茶葉で、ウサ吉に淹れ方をあれこれうるさく指図されているうちに、最近ではなんとかウサ吉が満足する紅茶を淹れられるようになった。

自分専用の高級カップに顔を突っ込みながら、ウサ吉が嬉しそうにエミリーの好きだった紅茶を味わっている。

「しっかし所有者はもう理章やから、奴が売る言うたら売れるっちゅーとこが困りもんや。希翔、なんとかしてくれや～」

「なんとかって、どうすればいいんだよ？」

「いろいろあるやろ。理章を色仕掛けでたらし込んで、言いなりにさせるとか。おまえら、ニセモンでも『恋人同士』なんやからな」

　自分で言っておいて、ウサ吉はキシシ、と人の悪い顔で笑っている。

「なに言ってんだか。俺なんかの色仕掛けが効くわけないだろ」

　と、希翔が相手にせずにいると、ウサ吉が続けた。

「希翔、これから暇な時に英会話のレッスンするでぇ」

「え、なんで⁇」

「最悪、この屋敷が売られることになったら、しゃあないからわいはロンドンへ帰るわ。そしたら希翔に連れてってもらわんとあかんやろ。英語は話せるに越したことはないしのぅ」

「ちょ、ちょっと！　おまえ、俺を海外にまでお使いさせる気かよ？　人使い荒いにもホドがあるだろ！」

「乗りかかった船なんやから、ええやんか。わいの発音はカンペキな英国英語《クイーンズイングリッシュ》やでぇ。タダで英会話学べるなんて感謝してほしいくらいや」

「そ、それは確かに……」

　英会話教室へ通えば、けっこうな費用がかかるのは本当なので、希翔は若干の割り切れなさを感じつつも、すっかりウサ吉に丸め込まれていた。

ウサ吉に頼まれて理章に確認したのだが、エミリーの母親のナンシーは八十歳近くになるが、まだロンドンの屋敷で元気に暮らしているらしい。

いよいよ行くところがなくなったら、ウサ吉はちゃっかり、昔懐かしいそこに戻る気なのだろう。

娘を早くに亡くしたのはつらいだろうが、エミリーの母はまだ健在というだけでもよかったなと希翔は思った。

「さて、今日はもう理章さん来ないみたいだし、お風呂入って寝ようかな」

今日もよく働いたので眠くなってきた希翔は、大きく伸びをする。

「わいは映画観とるわ」

「わかった。あんまうろちょろするなよ」

「わかっとるがな」

最近、ウサ吉はホラー映画を観るのにハマっているらしく、夜通しシアタールームで過ごしているのだ。

夜中にホラー映画に熱中するぬいぐるみというのも、なかなかにシュールである。

そんなわけで、希翔は早々に自室へ戻ってシャワーを浴び、ベッドに入ったのだが。

深夜。

突然ピンポンとインターホンを連打され、希翔はなにごとかと飛び起きる。

「な、なんだ⁉」

慌ててスリッパを突っかけ、部屋を出て階段を駆け下りると、シアタールームにいたウサ吉もピョンと部屋から飛び出してついてくる。

急いで玄関へ向かい、鍵を開けると、そこに立っていたのはスーツ姿の理章だった。

が、まっすぐ立っているのが難しいのか、ふらついて柱に手を突いて身体を支えている。

「遅かったですね。今日は来ないかと思ってました」

「なんだ？　私が来ない方がよかったのか？」

「そんなこと言ってないじゃないですか。珍しいですね。酔ってるんですか？」

「まぁな。接待でしこたま呑まされた」

かなり呑んでいるのか、理章は足許がややおぼつかない。

「なんや、酒に呑まれとるなんてだらしないのぅ」

希翔の足許をピョンピョン飛び跳ねながら、ウサ吉がディスりにやってくる。

「飯食わんなら、なんでこっちに来たんや。そのまま自分のマンションに帰ればええやんけ」

「……なんだ、奴はなんと言っている？」

「えっと……」

ウサ吉のセリフを通訳すると、理章はいったん沈黙する。

「……そうか。どうして私はこっちに来たんだったかな……」

と、自分でもよくわかっていないようだ。

どうやらここへはタクシーで来たらしく、走り去っていくテールランプが見えた。

「しっかりしてください。俺に摑まって」

長身で大柄な理章に肩を貸し、希翔はなんとか二階にある彼の私室へと運ぶべく、廊下を歩き出す。

すると、ウサ吉は「わいは行くでぇ。今ええとこなんや」と言いつつシアタールームに戻ってしまった。

なんとか階段を上がり、やっとのことで理章をベッドの上に横たえ、一息ついてからスーツの上着を脱がせようとしたが、なかなかうまくいかない。

「ほら、ちゃんと言うこと聞いて。せっかくの高級スーツが皺になっちゃいますよ？」

「ん……」

子どもをあやすように身体を反転させ、苦労して上着を脱がせる。

それから寝苦しくないようにネクタイとベルトも外してスラックスも脱がせた。

とりあえずスーツとネクタイだけでもと、きちんとハンガーにかけ、急いでベッドへ戻る。

それから理章のワイシャツの首許のボタンを外していると、いきなり下から腰を抱き寄せられた。

「ひゃっ……!?」

予期せぬ行動に、希翔はバランスを崩して理章の胸の上に倒れ込んでしまう。

「私を裸にして、どうする気だ？　襲うのか？」

「なにバカなこと言ってるんですか。酔っ払いはさっさと寝てください」

そうあしらうが、敵は酔っているせいか力が強く、頑として放してくれない。

「つれないな。私達は一応『恋人同士』じゃないか。そうだ、試しにキスしてみよう」

「はぁ？　なに言って……」

あきれて続けようとした言葉は、理章の唇によって遮られてしまう。

「ん……ぅっ？」

希翔は逃れようと必死にもがくが、理章はがっちりその細腰を抱え、濃厚なキスをお見舞いしてくる。

「ん……ぁ……」

希翔にとって、それは生まれて初めての口付けで。

咄嗟《とっさ》にどうしていいかわからず硬直しているうちに、理章はさらに大胆に唇を重ねてくる。

それは、舌を絡めてくる、大人のキスだ。

強いアルコールの香りのせいか、頭がくらくらしてきて。

巧みに舌を吸われ、今まで味わったことのない感覚に、抗おうとしていた腕から次第に力が抜けていく。

いつしか、希翔はされるがままに身を委ねていた。

思うさま希翔の唇を堪能すると、ようやく満足したのか、理章は仰向けに横たわるが、腕はがっちりと希翔の身体を抱いて離さない。

希翔の方はどうしていいかわからず、激しく動揺していたが、理章の方はまったく意に介した様子もない。

――理章さんにとって、キスくらいどうってことないのかな……？

それとも、酔っているので誰かと勘違いしているのだろうか？

「くそっ……父さんの奴、勝手なことばかり……。自分だって、いくら周囲から勧められても絶対に再婚しないいじゃないか。いつまでも母さんのことを、忘れられないくせに……」

今度はくだを巻き始めた理章に、希翔は少し困って、そっとあやすようにその髪を撫《な》でてやる。

「理章さんのご両親は、本当に愛し合っていたんですね」

「子どもが見ていて、恥ずかしくなるほどいつまで経っても新婚みたいで、げんなりさせられたよ。父さんは、母さんがいつでも故郷を思い出せるように、彼女のためにこの屋敷と庭を設計して造らせたんだ。呼び名が、スイートハニーに私のお姫様、だぞ？　信じられるか？　どんだけベタ惚れなんだ……！」

父親への鬱憤が溜まっていたのか、理章の愚痴はヒートアップしていく。

恐らく、彼のような立場の人間は、プライベートな悩みを誰かに打ち明けるのが難しいのだろう。

希翔は、なんだか理章が気の毒になった。

「そういうの、羨ましいです。俺にはまだ、恋とかする余裕、ぜんぜんないんで」

なにげなくそう言うと、理章は突然黙り込んだ。

そして、ベッドの中で希翔を抱きしめてくる。

「ちょ、ちょっと……理章さん……？」

「私は、怖い。あんなに誰かを愛してしまったら、その人を失った時、きっと壊れてしまう」

くぐもったような呟きを聞き、希翔は思わず彼を見つめた。

「……ひょっとして、理章さんが結婚したくないのって、お父さまのように最愛の人ができて、その人を失うのが怖いから、なんですか……？」

理章は、希翔の肩口に顔を埋めたまま答えなかったが、それは無言の肯定を表していた。

――なんか、可愛いな、理章さん。

頭脳明晰で切れ者で、容姿と家柄にも恵まれ、まさに完璧といっていい理章が、そんなことを考えてかたくなに見合いを拒んでいたなんて。

「眠い……」

照れ隠しか、今度は子どものようにゴネ出したので、希翔はなんとか動く方の手で彼の身体に布団をかけてやった。

「ゆっくり眠って。おやすみなさい」

「ん……」

本当に眠かったのか、理章はすぐ寝息を立て始めたが、希翔を胸の上に抱える腕の力は一向に緩まない。

何度か抜け出そうと奮闘したが、せっかく眠った理章を起こしてしまいそうだったので、希翔はあきらめて彼の肩口に頰を預ける。

もう少しして、彼が寝返りを打ったら、そっとベッドから出ればいい。

少しお酒臭いけれど、なんだか理章の体温に包まれているのが、とてつもなく心地よくて。

そう考え、ちょっとだけ、と目を瞑る。

そういえば、赤の他人に抱きしめられて一緒に眠るなんて、初めてだ。

ウサ吉との出会いも相まって、人生って本当に予期せぬことが起きるものなのだなぁ、などと考えながら、希翔もいつのまにか深い眠りに落ちていった。

◆　◆　◆

「ん……」

ふと意識が覚醒し、理章は無意識のうちに腕の中の温かいものを抱きしめる。

ふわり、と鼻先を掠めるシャンプーの香りをもっと嗅ぎたくて、柔らかい髪に鼻先を埋めるようにして堪能した。

ひどく心地いい感触に、このまま目覚めたくない気分だったが、そこでようやく意識がはっきりしてくる。

ゆっくり目を開けてみると、腕の中ですやすやと眠っているのは、希翔だった。

いやいや、なにかの間違いだと現実逃避してもう一度目を閉じ、数十秒置いて再度確認するが、どうやら夢ではないらしい。

——こ、これはいったい、なにがどうしてこうなった……⁉

内心では激しく動揺しながらも、理章は希翔を起こさないようにそっとベッドを抜け出す。

見ると、自分は前がはだけたワイシャツに素肌、しかも下は下着と靴下という珍妙な格好だったので、恥ずかしさのあまり卒倒しそうになった。

――私はいったい、なにをやらかしたんだ……⁉

まさか、希翔に無体な行為を強要してしまったのだろうか？

最悪の想像に、全身の血の気が一気に引く。

昨晩は接待先の社長にしこたま呑まされ、なんとか帰りのタクシーに乗り込んだところまでは憶えているのだが、そこから先の記憶が一切ない。

内心青ざめながら、とにかく希翔を起こさないように細心の注意を払ってワイシャツのボタンを留め、恐らく希翔がきちんとハンガーにかけておいてくれたスーツを着込む。

すると。

「よう、理章。ゆうべはえらいお楽しみやったなぁ」

ふいに声が聞こえ、理章は希翔を振り返るが、彼はまだぐっすり寝入っている。

――まさか……？

いや、そんなことがあり得るはずがない、と恐る恐るベッドサイドテーブルに載っていたウサ吉へ視線をやると……。

「おまえ、意外と酒癖悪いんやなぁ。絡み酒はいかんでぇ」

「ウサ……⁉　おまえ、なぜ⁉」

驚きのあまり、あやうく叫びかけ、理章は片手でウサ吉を引っ掴むと、寝室から廊下へ出る。

「乱暴やなぁ。もっと優しく運んでや」

ウサ吉に注文をつけられ、廊下へ出た理章は、まじまじと手の中の彼を見つめる。

「なぜだ……？　なぜ私に、おまえの声が聞こえるようになっている⁉」

「まぁ、思い当たることがないでもないけどなぁ」

と、ウサ吉はもったいぶる。

「なにが原因だ？　早く言え！」

理章に両手で揺さぶられ、ウサ吉は「やめてぇな、わい、三半規管弱いんやから」と悲鳴をあげる。

「ぬいぐるみに三半規管なんかあるか！」

「そんなことより、聞いてや！　わい、思い出したんや！　わいのこと捨てたんは、憲之やったんや……！」

「なんだって⁉　父さんが……？」

いきなり衝撃の告白に、理章は絶句する。

「わい、当時エミリーが死んだことがショックで、記憶がはっきりしとらんかったんやけど、ここへ戻ってじょじょに思い出したんや。エミリーはわいを形見として、おまえに遺した。せやのに、それを知っていながら、憲之はわいをこっそり持ち出して捨てたんや」

言われてみれば、確かに屋敷内からウサ吉を持ち出せるのは父か、当時の使用人くらいだ。

「しかし、なぜ父さんがそんなことを……？」

「そら、わいにヤキモチ焼いてたからに決まっとるやろ。エミリーはわいのこと、ごっつう愛しとったからなぁ。それと……憲之にはわいの声が聞こえとったから、気味悪かったんやろ」

「なんだと……!?」

さらなる衝撃に、理章は思わず声を高くした。

「そんなこと、初耳だぞ？　本当なのか？」

「憲之は頭固いからのぅ。わいの声が聞こえとっても、幻聴だと自分に言い聞かせて聞こえんふりしとったんや。おまえの前でも、態度に出さへんかったんやろ」

確かに、父はそんなそぶりはまったく見せなかった。

だからこそ、理章も今まで気づかなかったのだ。

母が生きていた頃、彼女は冗談めかして『私のアーサーはお喋りするのよ』などと言うことがあったが、理章は本気にしていなかった。

母もまた、ウサ吉が夜動けることは内緒にしておこうと思ったのか、理章にその姿を見せることはなかったのだ。

それは父に対しても同じだと思い込んでいた。

「で、ここからが本題や。わいが推測するに、わいの声が聞こえる人間とハメると、その人間にもなんや、声が聞こえる能力が伝染するんやないか？　だから、エミリーと夫婦の憲之も、わいの声が聞こえるようになったんや」

「な、なんだと⁉　下品なことを言うな！　両親のセックスのことなんか、想像したくないぞっ」

憤りのあまり、ウサ吉を両手で摑んで揺さぶってしまう。

「ほかに考えようがないやないか。ということは、や。おまえは希翔と……おっと、これ以上は、わいの口からはとても言えへんなぁ」

そこでもったいぶって、ウサ吉はキシシ、と悪い顔になって笑う。

ウサ吉の推理を聞き、理章は絶望的な気分になった。

「……やはり私は、希翔くんに無体な真似をしてしまったのか⁉」

「わいが映画見終えて夜中に戻った時には、おまえら仲良く一つベッドでひっついてぐっすりやったでぇ」

なんという大変なことをしてしまったのだろう。

いくら酔っていたとはいえ、真面目にこの屋敷の管理をしてくれている希翔を手籠《てご》めにしてしまうなんて。

「だが、まったく記憶がないんだ。いや、そんなことは言い訳にならないな。ああっ、いったいどう償えばいい……⁉」

「とにかく、憲之に確認してや。わいを捨てたなんて、許さへんで。たっぷりオシオキしてやらんとなぁ」

そう嘯《うそぶ》くと、ウサ吉は無言になり、それきりなにも声は聞こえなくなった。

「……おい、ウサ吉？」

もう一度揺さぶってみるが、無反応だ。

「なんだ……？　聞こえたり、聞こえなかったり、チューニングの悪いラジオみたいな奴だな」

ウサ吉の声が聞こえなくなってしまったので、一人廊下で喚くアヤシイ人になってしまった理章は、とりあえずウサ吉を運んで階段を下り、彼の定位置であるサンルームのテーブルの上へ置く。

希翔に詫びねば、と頭ではわかっていたが、今は到底彼の顔を正視できる自信がなくて、理章はこそこそと屋敷から逃げ出したのだった。


屋敷を出るとタクシーでいったん自分のマンションに戻り、シャワーを浴びて別のスーツに着替えた理章は、その足で出勤した。

目指すは、最上階にある社長室だ。

足早にフロアに入ると、ちょうど秘書が出てきたところだったので、「社長は？」と尋ねた。

「もうすぐお出かけになられる予定ですが、まだいらっしゃいます」

「ありがとう。しばらく外してくれ」

そうして秘書を遠ざけ、理章は一応ノックしたが返事も待たずに中へ入った。

見ると、父はデスクで電話中だったが、理章に気づくと早々に切り上げ、受話器を置く。

「朝一番にどうした？　気が変わって見合いをする気になったのか？」

父の軽口には付き合わず、理章は直球で質問をぶつける。

「お聞きしたいことがあります。父さんにはずっと、ウサ吉の声が聞こえていたんですか？」

すると、父の表情から途端に笑顔が消えた。

「……そうか、おまえも聞こえるようになったんだな。関係を持った相手に能力が伝染するというのは、どうやら本当らしい」

そう言われ、そういえば父は希翔を自分の恋人だと思い込んでいるのだったと思い出す。

「そ、それはともかくとして、どうして今まで聞こえないふりをしていたんです？」

「……あの忌々しいぬいぐるみの声が聞こえるなんて、私だって認めたくなかったからだ。だが、エミリーが大切にしていたから、彼女が生きている間は我慢していた」

「それで、母さんが亡くなった後、こっそりウサ吉を処分したんですね？」

父に捨てられたはずのウサ吉だったが、誰かが拾ったか売ったかして、巡り巡って関西の前の持ち主のところで暮らす羽目になったのだろう。

「あんなもの……おまえに形見として渡せるか！　あれは悪魔か妖怪か……とにかく、得体の知れないなにかだぞ⁉」

どうやら父は、ウサ吉との同居にかなりの我慢を強いられていたようだ。

「まぁ、奴が得体が知れないというのには同感ですが」

理章も、今までの鬱憤を晴らすべく、力強く同意する。

「いったい、あれはなんなんですか？　母さんはロンドンの実家に代々受け継がれている、大切な家宝だと言っていましたが」

「それはまぁ、一応事実だ」

父の話によれば、母の実家はロンドン最大手のテディベア製造メーカー、A社の大株主で、ウサ吉は創業十周年記念に特別に造られた、シリアルナンバー入りのウサギのぬいぐるみで、当時わずか三十体しか製造されなかったらしい。

「A社がウサギのぬいぐるみを製造したのは後にも先にもこの時だけらしく、当時も話題になって、オークションなどでかなりの値がついたレア物のようだ。エミリーの祖母はA社の大株主というツテを使ってシリアルナンバー1のあれを手に入れ、可愛がっていたらしい」

そして、その祖母が亡くなり、ウサ吉はエミリーの母へと受け継がれ、やがてエミリーの手に渡ったのだ。

「ということは、ウサ吉は作られてから百年以上経っているんですね」

「ああ。それだけ長く愛されれば、ぬいぐるみにも魂が宿るのかもしれんな……」

「えらく品のない魂ですがね……。あいつ、関西に十五年近くいて、エセ関西弁でさらにガラが悪くなって戻ってきましたよ」

「……そのようだな」

と、ウサ吉に頭を悩まされている二人は、同じタイミングで重いため息を落とす。

「とにかく、悪いことは言わん。一刻も早くあれを捨てて、あの希翔という青年とも別れなさい。それがおまえのしあわせのためなんだ」

「父さんは、それでいいんですか？　母さんがあれほど愛したぬいぐるみと理解し合えないまままた廃棄して、それで本当に後悔しませんか？」

理章の問いに、父は答えなかった。

「……それよりも、あの青年はいったい何者なんだ？　なぜ、ぬいぐるみの声が彼には聞こえる？」

父は、突然現れた希翔を怪しんでいるようだった。

無理もない、最初は理章もかなり疑っていたくらいなのだから。

このところ、やけに深夜に出くわすようになった、クリーンスタッフの青年。

ほんの気まぐれで缶ジュースを奢るうちに少し話をするようになり、仕事に疲れた深夜のいい息抜きになっていた。

だが、それがすべて自分に近づくための計画だったと知った時は、裏切られたような気がしたものだ。

一時は産業スパイかとすら疑っただけに、ウサ吉の件でやむなく屋敷に住まわせても警戒は怠らなかった。

しかし、注意深く観察しても、希翔はいつも自然体で優しく、理章の食生活を心配し、節約料理を振る舞ってくれる。

抜き打ち訪問しても、常によく働いていて、楽しそうだった。

自分の仕事でもないのに、庭園の雑草取りまでマメにしてくれているようだ。

偶然出会ったウサ吉のために、ここまでしてやる、人のいい人間が果たして存在するのだろうかという当初の疑いは、希翔の人柄を知るにつれ、薄れていった。

希翔は、そういう子なのだ。

まぁ、ウサ吉はそこにつけ込んでいるのだろうが。

父からの電話攻撃から逃れるために避難していたが、いつしか理章は、母を亡くして以来あれほど避けていた屋敷に通うのが楽しみになっていたのだ。

なのに、そんな彼に、酔っていたとはいえ、無体な真似を働いてしまった。

酒にはそこそこ強い方なので、今までこんな失態を犯したことなど一度もなかったのに。

昨晩は接待だったため、屋敷には寄らない予定だった。

なのになぜ、酔い潰れた自分はタクシーの運転手にマンションではなく、屋敷の住所を伝えていたのだろうか。

希翔に、会いたかったから……？

時間が経つにつれ、うっすらと昨晩の断片的な記憶がよみがえる。

柔らかな、彼の唇の感触。

あの時確かに自分は欲情し、彼を我がものにしたいと願っていた……？

希翔をベッドに引きずり込んでしまったのも、無意識のうちの願望だったのではないか？

それに気づくと、愕然とした。

——とにかく、謝罪だ。まず希翔くんに詫びを入れなければ。

動転していたので、大人げなく逃げ出してしまったことも心証に悪かっただろうと、激しく後悔する。

謝って済む問題ではないが、話はそこからだと思った。

と、その時。

「理章。聞いているのか？」

訝しげな父の声で、理章は現実へと引き戻される。

どうやら父そっちのけで、物思いに耽っていたらしい。

「な、なんでもありません。急ぎの仕事があるので、失礼します」

「お、おい、理章？」

動揺した理章は父が呼び止めるのも無視して、足早に自分のオフィスへ戻る。

——落ち着け、とにかくウサ吉の謎を解決するのが優先だ。

まずはインターネットでロンドンにあるA社を検索し、当時発売されたウサ吉と同じぬいぐるみの情報を探ってみる。

商品名は『スイーティーパイラビット』。

だが、ざっと検索してみただけでは、ウサ吉以外の残り二十九体の所有者達は発見できなかった。

――百年以上前のヴィンテージ品で、しかも限定わずか三十体だからな……なかなか難しいか。

かなりくたびれてはいるものの、現存しているだけでウサ吉はすごいのかもしれない。

少し思案した後、理章はロンドンにあるA社へ終業後に直接電話してみることにした。

「もしもし、お忙しいところ失礼します。担当者にお話を伺いたいのですが」

母からは英語と日本語の両方で育てられたので、英会話はお手の物だ。

流暢な英語で、理章はそう切り出した。

◇　◇　◇

その日、希翔は早起きし、イングリッシュガーデンの雑草取りにいそしんでいた。

外で作業をするので、テラスにあるパラソル付きテーブルを外へ出し、ウサ吉を置いてやる。

「直射日光に当たると、わいの玉のお肌が色焼けしてまうから、パラソルの下に置いてや」と以前注文をつけられたからである。

「へぇ、エキナセアって免疫力アップ効果があるんだってさ。ハーブってすごいね」

知らない庭の花を、スマホでどんな種類なのかと調べてみるのも楽しい。

可愛がれば可愛がるほど、花もそれに応えてくれる気がするので、いつしか希翔は庭の手入れに夢中になっていた。

海棠邸のイングリッシュガーデンにはさまざまなハーブやセージなども植えられているが、盛夏を迎え、特に白薔薇《ばら》がみごとで、美しい花々が咲き誇っている。

「この白薔薇、ティネケって名前なんだ」

見たことがあると思ったら、結婚式の花嫁のブーケによく用いられているらしい。

日本でも人気のある品種のようだ。

「エミリーが一番好きやった白薔薇や。せやから庭師が手入れして、一年中咲くようにしとったんやで」

「そうなんだ、可愛い花だね」

いくら眺めていても飽きなくて、希翔はエミリーがこの庭をこよなく愛した気持ちがわかるような気がした。

「そうだ、今日はこれから理章さんが来るって連絡あったよ。こないだは起きたらもういなかったから、どうしたんだろうってちょっと心配してたんだ。せっかくのお休みなのに、なんだか地を這うような声で詫びに行くって言ってたけど、いったいなにを詫びるんだろ？」

雑草を抜きながら、希翔はウサ吉に話しかける。

あの晩のことを、理章がそこまでおおごとにとらえているとは夢にも思っていない希翔だ。

「さぁ、なんぞ悪いことでもしたんやないか」

ウサ吉は昼間なので身動きできないまでも、例の悪い顔でキシシ、と笑う。

このところ元気のなかったウサ吉だったが、ようやくいつもの調子に戻ってきたので希翔はほっとした。

「あ、さてはなにか知ってるんだろ？　教えろよ」

「わいの口からは、とても言えへんなぁ」

「なんだよ、カンジ悪いなぁ」

希翔が唇をとがらせて抗議した時、玄関の方から理章がやってくるのが見えた。

どうやら、インターホンを押して応答がなかったので、こちらへ回ってきたらしい。

「あ、こんにちは。すみません、外にいたんで聞こえなくて」

軍手を外しながらそう声をかけると、理章は休日だというのになぜかスーツ姿だった。

その上、右手には大きな花束を、左手には菓子折を提げている。

「これから、どこかへお出かけですか?」

不思議に思って尋ねると、理章はひどく暗い表情で希翔にそれらを差し出してきた。

「……今日は、きみに謝罪に伺った。男性に花というのもどうかと思ったが、謝罪には花かと思ってな。受け取ってくれ」

「あ、ありがとうございます。俺、花好きなんで嬉しいです。こんな立派な花束、もらったことないですよ」

なにがなんだかよくわからないまま受け取った菓子折は、老舗和菓子店の高級羊羹《ようかん》の詰め合わせだったので、さらに希翔を喜ばせた。

「でも、謝罪って、いったいなんのことですか?」

「……一昨日の晩は、すまなかった。きみに取り返しのつかないことをしてしまった。詫びのしようもない……!」

そう言って、理章は深々と頭を下げる。

「え？　一昨日？　ああ、理章さん、けっこう酔ってましたよね」

「きみが、告訴するというなら……」

「告訴⁇　いったいなんの話ですか？　俺こそ、うっかり理章さんのベッドで一緒に寝ちゃってすみませんでした。寝心地よくて、つい」

と、希翔は笑う。

そんな彼の対応に、理章は下げていた頭を恐る恐る上げた。

「……怒ってないのか？　私はきみにひどいことを……」

「ひどいこと？　ひょっとして、酔っ払ってキスしてきたことですか？」

「……キス？」

「ええ、嘘を本当にしてしまおうか、とかおっしゃってました。でも俺、ぜんぜん気にしてないんで、大丈夫ですよ？」

本当はあれがファーストキスで、理章の顔を見るとなんだかどぎまぎしてしまうけれど、希翔は恥ずかしくて『あれくらいどうってことないよ？』という演技をしてしまう。

「……それじゃ、私はあの晩、きみにキス、しただけ……なのか？」

「はい」

それを聞いた理章は、なにを思ったかパラソルの下にいたウサ吉を掴み上げ、ぐいぐい首を締め上げた。

「この……悪霊ウサギめ！　よくも騙したな⁉」

「ふん、騙されるおまえがアホなだけやろうが」

「ち、ちょっと⁉　なにがどうなってるんです⁉」

「こいつが、あの朝私に言ったんだ……！」

「え、なにを？　ってか理章さん、ウサ吉の声が聞こえてるんですか？」

なにより、希翔はそのことに驚く。

「どうして？　なにがきっかけで聞こえるようになったんですか？」

すると、なぜか理章はひどく狼狽し始めた。

「い、いや、それはその……」

「理章さん？」

「代わりにわいが説明したるわ。理章はなぁ、おまえのことコマした思とったんや」

「コマ……⁉　え、ええぇ⁉」

あまりに唐突な展開に、希翔は目を白黒させた。

「……なるほど。つまり、ウサ吉の声が聞こえる能力はその……肉体的接触で感染するってことなんですね？」

とりあえず場をサンルームに移した希翔は、事情を聞きながら理章にコーヒーを淹れてやる。

残念ながらウサ吉は昼間は動けず、紅茶も飲めなくて目の前で飲むのはかわいそうなので、こういう時はコーヒーにしているのだ。

「そうや。今回はキスだけやったから効果は一時的なもんで、もって一日ゆうところやな。もう理章に、わいの声は聞こえてへんで」

「キスとはいえ、私のした行為は雇用主のセクハラ以外のなにものでもない。本当に申し訳なかった」

と、理章はまだ深刻に受け止めているらしく、深々と頭を下げてくる。

「そ、そんな、もういいですから。でも憲之さんにも聞こえていたなんて、驚きました」

「父さんの奴、とんだ食わせ者だった。まさかウサ吉を捨てたのが父さんだったとはな」

「憲之には、いずれ落とし前つけてもらわんといかんのぉ」

「ウサ吉、ガラ悪過ぎ」

希翔が、すかさず突っ込みを入れる。

「それと、ウサ吉の製造元である、ロンドンのA社について少し調べてみた」

そこで希翔は、理章からウサ吉が百年以上前に製造された、限定三十体のレア物のぬいぐるみであることを知らされる。

「わ、自称数百万っていうの、ホントだったんですね。びっくり」

「当たり前や。わいのことは、世界中の好事家達が喉から手ぇ出るほど欲しがっとるんやで」

と、ウサ吉は得意げだ。

「A社の担当者とも電話で話したが、先方が確認できている、現存しているほかの個体はわずか数体だけで、後は行方がわからないらしい。恐らくもう、壊れたり紛失したりしているのだろうが」

さりげなく聞き出してみたものの、ウサ吉のように魂を持って喋り出した現象は確認されていないようだ、と理章は結果を報告した。

「私のところにあるということで、先方からは一度ぜひウサ吉を見せてほしいと申し入れがあった」

「それで、A社の人に見せるんですか？　ウサ吉のこと」

「うむ……社の資料として、写真だけでも撮らせてほしいと懇願されてしまってな。いろいろ話も聞かせてもらったし、なにせ希少なレア物だから、むげに断るわけにもいかなくて」

近いうちに、A社の人間がそのためにわざわざ来日すると言っているらしいとのことだった。

「ウサ吉が喋るなんて知られたら、連れていかれてしまうんじゃ……？」

「いや、そう都合よくこいつの声が聞こえる人間が来る確率は、極めて低いだろう。大丈夫だとは思うが」

「なんや、希翔。わいがいなくなったら寂しいんか？」

「そ、そんなんじゃないよ。珍しがられて、実験材料とかにされたらかわいそうだって思っただけ……！」

「まぁ、忙しいからとかなんとか理由をつけて、やんわり断っておくか」

「それで引き下がってくれるといいんですけど」

理章にはウサ吉の声は聞こえなくなってしまっているので、いつものように希翔が解説する。

「なんや、理章にわいの声が聞こえんのは面倒やな。試しに一発、ハメてみたらどうや？」

「ハメ……っ⁉　な、なんてこと言うんだよ⁉」

希翔はそれはさすがに伝えられず、咄嗟にウサ吉を膝の上に抱いて片手でその口を押さえる。

それを見て、理章は「聞こえないが、なにを言ったのか見当はつくぞ。下品なぬいぐるみは、納戸閉じ込めの刑に処す」と宣言した。

「納戸はカンベンしてぇな。わい、昔憲之に嫌がらせで入れられたことあるんやけど、あそこ樟《しょう》脳《のう》臭いねん。わいの魅惑のボディが樟脳臭いなんて、耐えられへんわ」

と、理章とウサ吉がまたモメ始めるが、それをよそに希翔は一人考え込む。

「確かに、理章さんもウサ吉の声が聞こえた方がいいですよね……」

「希翔くん……？」

ウサ吉の首根っこを摑み上げ、今にも納戸へ連行しようとしていた理章を、希翔は見上げる。

「あの、よかったら試してみませんか？　もう一度キスして、ウサ吉の声が理章さんに聞こえるかどうか」

「なんだって……？」

「もしかしたら、二回目なら聞こえている時間が長くなるかも。実験してみる価値はあると思うんです。あ、もちろん理章さんがいやじゃなければ、ですけど」

「わ、私はともかく、きみにそんな真似をさせるわけには……」

「俺は大丈夫ですよ？」

「ええぞ、ぶちゅ～っとやってまえ～」

はやし立てているウサ吉をじろりと睨みつけると、またなにを言っているのか察した理章は近くにあったテーブルクロスをその頭の上から被せた。

「な、なにすんねん！　これじゃなんも見えへんやないか～！」

「聞こえていなくても、おまえの言動は察しがつくようになったぞ。いいから、そこで大人しくしていろ」

そう言い置き、理章は椅子から立ち上がり、希翔と向き合う。

「本当に、いいのか？」

「合意なら、セクハラにはならないでしょう？」

と、希翔は笑う。

本当はかなりドキドキしていたが、このまま理章とぎくしゃくして気まずくなるのはいやだった。

キスくらい、どうってことないと示すいい機会だ、と自分に言い聞かせる。

いや、本音を言えばもう一度、素面の理章とキスをしてみたかったのかもしれない。

「よし、いくぞ」

「どんと来い、ですっ」

理章に肩を引き寄せられ、希翔は目を閉じる。

ぎこちなく、唇が触れてきて。

初めはお互いの出方を探るかのように、軽いキスの応酬だ。

何度か希翔の唇を啄《ついば》んだ後、理章が告げる。

「前回との、比較参照のために少し長めにするぞ……?」

「了解、です……」

はぁ、と軽く喘ぎながら希翔も頷く。

「ん……っ」

初めは慣れなくて、無意識のうちの息を止めてしまっていたが、そうか、鼻で呼吸すればいいのかと気づく。

理章のキスは巧みで、不快感はまったくない。

それどころか、むしろ……。

——理章さんとキスすると、なんだかすごくふわふわする……。

頭の中が真っ白になって、なにも考えられなくなってしまう。

やがてキスはじょじょに深いものになり、理章の腕が希翔の細腰を抱き寄せる。

「……は……っ」

いつしか互いの唇の感触を味わうのに夢中になり、二人はせわしなく角度を変え、キスを繰り返す。

どれくらい、時間が経っただろう。

「お～い、まだやっとるんか？　ええ加減、この布どけてぇな」

ウサ吉の声に、希翔と理章ははっと我に返った。

お互い気恥ずかしくて、相手の顔が正視できないまま、急いで身体を離す。

「け、けっこう長くしたから、効力のある時間も延びたかも、ですね」

「そ、そうだな……」

「布外せっちゅうねん」

「うるさいぞ、ウサ吉」

予想通り、再び声が聞こえるようになった理章が、テーブルクロスを取ってやる。

「ふひひ、その様子じゃ、濃厚なやつをぶちゅ～っとやったようやなぁ」

「どうしておまえはそう、デバガメ根性丸出しなんだよ、まったく」

昼でウサ吉が動けないのをいいことに、希翔は鼻先を軽くデコピンしてやった。

「ふむ……やはり肉体的接触で能力が移るというのは事実らしいな」

「せやから、最初からそう言うとるやろうが。早いとこハメてまえや、おまえら」

二人をけしかけ、キシシと笑うウサ吉の上から、理章が無言で再びテーブルクロスをかける。

「わ、やめてぇな！　わい、暗いとこ怖いねん」

「これから下品なことを言ったら、テーブルクロスかけの刑だ」

またぎゃあぎゃあとウサ吉と理章がモメていると、ふと思い出したように希翔が言った。

「理章さん、あの、お願いがあるんですけど」

「なんだ？」

「預かっている経費の中から、ウサ吉の洋服を作る布とか道具を買ってもいいですか？」

「洋服？」

「はい。背中のとこが、少しほつれてて。このままにしておくと、中の綿が出ちゃいそうなんで」

と、希翔はウサ吉の背中を理章に見せる。

いくら大切にしていても、やっぱり百年も経ってると布地も傷んでくるのだろう。

ウサ吉の背中の縫い目がほつれ、少し中綿が見えてしまっているのに気づいたのだ。

「俺が縫ってもいいんですけど、裁縫自信ないし、下手に弄らない方がいいかなと思って。洋服を着せておけば、保護できるでしょう？」

「希翔は優しいのぅ。おおきに」

「それなら、作らなくても、確か母が作ったものがあったはずだ」

「え、本当ですか？」

ともかく探してみようということになり、二人はウサ吉を連れて二階にあるエミリーの部屋へ向かう。

生前のままにしてあるので、探し物は彼女のクローゼットの中ですぐ見つかった。

なんと、エミリーはウサ吉用の小さなクローゼットをしつらえており、そこには何着もの小さな洋服が保存されていた。

既製品もあるが、いかにもハンドメイドらしいものや、手編みのセーターまである。

「わ、エミリーさん、器用だったんですね。すごい」

「ペットの犬用の型紙をアレンジして作っていたな」

どれがいい？　と問うと、ウサ吉はシャツに可愛い襟と黒のネクタイがついた、赤いベストを選んだので、希翔がそれを着せてやる。

すると背中の綻びも隠れたので、ちょうどいい具合だった。

「懐かしいのぅ。関西におった頃からずっと裸やったから、なんやこそばいわぁ」

口ではそう言いつつ、嬉しそうなウサ吉に、二人は顔を見合わせて微笑む。

「エミリーさん、本当にウサ吉のこと可愛がっていたんですね」

「まったく、こんなガラの悪い奴のどこがよかったんだか、理解に苦しむがな」

「はん、おまえらはわいとエミリーの歴史を知らんからのぅ。エミリーはなぁ、小さい頃から身体が弱くて、ほかの子どもみたいに外で遊べなかったんや。毎日家の中で、遊び相手はいつもわいだけやった。わいはエミリーが不憫《ふびん》で不憫で。一生そばにいて、絶対に寂しい思いはさせへん思とった。せやけど、エミリーはあんなに早う死んでしもてなぁ……置いていかれたんは、わいの方やった」

話しているうちに昔を思い出したのか、ウサ吉はぐすりと洟《はな》を啜り上げる。

「寂しいのぅ。もう一度エミリーに会いたいのぅ」

「げ、元気出せよ、ウサ吉。もう理章さんだっておまえの声が聞こえるようになったんだし、俺でよかったら、いつでも話聞くからさ」

「理章の効力は一時的やないか。すぐ聞こえんようなるで」

「そしたら、またキスすればいいよ。毎日、理章さんが来た時に一回キスしたらいいんじゃないかな」

「き、希翔くん、それは……」

「繰り返しているうちに、エ、エッチとかしなくてもずっと聞こえるようになるかもしれないし。俺一人しか聞こえないより、理章さんにもウサ吉の話、一緒に聞いてほしいから……」

——わ、なんか俺、すごい大胆なこと言っちゃったかも……。

口にしてしまってから、希翔は恥ずかしさに耳まで赤くなる。

「わ、わかった。それなら報酬に、キス手当をつけよう」

「いらないです。なんかお金もらうと、援助交際みたいだし」

「そ、そうか」

二人は目線が合うと逸らし、また探るように相手を見つめる。

「なんやなんや、おまえら！　わいが悲しんどるのにイチャイチャしよってからに。イチャつく前に、わいのこと抱っこして慰めろや～」

「はいはい、わかったわかった」

と、希翔は癇癪《かんしゃく》を起こしているウサ吉を優しく抱き上げる。

「おまえ、中身はおっさんなのに抱っこされるの好きだよね」

「うるさいわい」

◆　◆　◆

次の休日、理章は大学時代の友人からのゴルフの誘いを断り、いそいそと車で出かけた。

今日の出で立ちは、動きやすいポロシャツにデニムというカジュアルな私服だ。

途中、デパートの高級フルーツ店へ寄り、贈答品用にお勧めのフルーツとマンゴーを詰め合わせてもらう。

以前、お中元でもらったフルーツをなにげなく持っていった時、希翔がそれは嬉しそうな顔をしたからだ。

どうやら彼はフルーツが好物なようで、特にマンゴーに目がないらしい。

「でもフルーツって高くて贅沢品だから、滅多に買えないんですよ」と笑っていた。

ずっしりと重い箱を提げて車から降りると、理章は玄関へは向かわず、そのまま庭園の方へ回った。

今日は一緒に、庭園の草むしりをすることになっているのだ。

「あ、理章さん。おはようございます」

軍手にオーバーオール、それに日よけのキャップを被っている希翔が、理章を見つけて手を振ってくる。

その姿が、なんとも言えず可愛い。

「おはよう」

希翔は理章に駆け寄ると、「俺、手が汚れてるんで、これで失礼します」と少し背伸びし、唇だけでちゅっと理章の唇に軽いキスをしてきた。

理章としては、楽しみにしていたキスだったのでもっと長くしたいが、屋外なのでしかたがないかとあきらめる。

ああ、これで今日の分のキスが終わってしまったのか、と少し落胆する。

理章は、いつものようにパラソル付きテーブルの上にいるウサ吉をじろりと一瞥《いちべつ》すると、その隣に箱を置いた。

「貰い物だ。私はそんなに食べないから、よかったら食べてくれ」

「え、またですか？　理章さんのところって、贈答品多いですね」

ちょっと箱の中を覗き、好物のマンゴーが入っているのを見ると、希翔がそれは嬉しそうににっこりした。

「あ、いちごも入ってる！　この時期、季節外れだから高いですよね。そうだ、理章さんいちごオレが好きだから、後でこれに牛乳と練乳かけて一緒に食べましょうね」

「……憶えていてくれたのか」

頭脳労働に疲れた深夜、甘いものが欲しくなるとなんとなく買っていた缶ジュースの銘柄を憶えていてくれたなんて、と理章は感動する。

「ええ、牛乳といちごの組み合わせって鉄板ですよね」

と、希翔が笑う。

ああ、この笑顔を見られるだけで、数万のフルーツ代など惜しくない、と理章はひそかな喜びを噛《か》みしめる。

すると。

「これ、買ってきたんやろ。嘘つくなや。貰い物が、こんな希翔の好物ばっか入っとるわけないやんけ」

ウサ吉がまたよけいなことを言うので、理章は片手でその口を塞いでやる。

「うるさいぞ、黙ってろ」

「口止め料に、わいにも最高級茶葉買うてこいや〜」

「本当に性質の悪いぬいぐるみだなっ」

ぶつぶつ文句を言いながら、理章は希翔が用意しておいてくれた軍手を嵌《は》め、草むしりに加わった。

なにせ、庭が広いので、実にやり甲斐がある。

「でも、いいんですか？　せっかくのお休みなのに草むしりなんかしてて。お出かけの予定があったんじゃないですか？」

しゃがんで草をむしりながら、希翔が話しかけてくる。

「……べつに、暇だったからな。土に触れるとストレス解消になるらしいし、セラピーのようなものだ」

本当は希翔と一日一緒に過ごしたかったからなのだが、そんなことはおくびにも出さず、理章は答えた。

「そうですか、よかった」

「きみこそ、一応土日休みの契約になってるんだから無料奉仕なんてしなくていいのに。大学の友達と遊んだり、その……合コンとか行ったりしないのか？」

さりげなく、一番聞きたいことを聞いてみる。

今までの生活状況から推察しても、希翔に恋人がいるようには見えなかったが、どうしても知りたかったのだ。

「俺、今までバイト三昧だったから、友達にも付き合い悪いって思われてるんですよ。理章さんのところで働き始めて、お休みもらっても、逆になにしていいかわかんなくて。合コンとかも興味ないし」

「そ、そうか」

「それに、出かけるとお金かかるじゃないですか」

「……そんなに生活が厳しいのか？」

「おかげさまで、今は楽です。でも、卒業したら奨学金の返済を少しでも早く終わらせたいんで、貯金しておかなきゃと思って」

「きみは堅実だな」

「そうですか？　母には、よくぼ～っとしてて、頼りないって言われますよ」と希翔は笑う。

その笑顔が、可愛い。

何時間でも、飽きずに眺めていられるほどだ。

「理章～、なにかに見とれて、手許がお留守になっとるでぇ」

キシシ、と笑うウサ吉に揶揄され、理章はぎろりと敵を睨みつけ、眼力でよけいなことを言うなと圧をかける。

「しょうがないよ。エミリーさんのイングリッシュガーデンは、ほんとに綺麗だもん。見とれちゃうのわかります」

希翔の方は、自分が見とれられている対象だとはまったく気づいておらず、暢気にそんなことを言っている。

——うむ、やはり希翔くんはかなりの天然だな。

だが、そこも可愛い。

昼まで作業すると、希翔が「そろそろお昼にしましょうか」と言った。

「今日は、お弁当作っておいたんですよ。外で食べませんか？　ピクニックみたいで楽しいでしょう？」

「ああ」

軍手を外し、水場で手を洗うと、希翔は早起きして作ってくれたらしい、ランチボックスをキッチンから運んできた。

そしてウサ吉のいるパラソル付きテーブルの上に、それを広げる。

中には唐揚げと卵焼き、ソーセージにかなり大ぶりのおにぎりが詰まっていた。

「うまそうだな。いただきます」

「どうぞ召し上がれ」

ウサ吉は昼は動けないので、テーブルの上で見ているだけだが、三人で和やかなランチタイムだ。

おにぎりを食べ進めていくと、最初にまず切り昆布が出てきて、次に鮭、最後に梅干しが現れて口の中に酸味が広がる。

「具が三種類も入っているのか？」

「これ、よく学校に持っていくんですよ。今日は理章さんが食べるから小さめにしてお弁当にしたけど、いつもは丼にごはんを詰めて、そこに唐揚げとかソーセージとか、残り物のおかずを何種類も入れて、もう一つの丼飯と合わせて、丸めて海苔二枚丸ごと使って包むんです。それをアルミホイルに包んで持っていくと、帰りは洗い物も出なくて便利なんですよ」

「……ちゃんとおかずも持っていきなさい。栄養が偏る。だが、それもうまそうだな」

「じゃ、今度作りますね」

と、希翔がにっこりする。

――ああ、癒やされる……。

のんびり土いじりをして、そばには希翔がいて、彼の作った手料理を一緒に食べて、なんて平穏でしあわせな時間なのだろう。

どんな高級エステやセラピーを受けるよりも、日々の仕事のストレスや疲労が抜けていく気がする。

この日は夕方になるまで作業し、暗くなりかけたところで切り上げることにした。

久々の屋外作業で汗まみれだし、少々腰が痛い。

水場で手を洗い、希翔が冷たい飲み物を用意するというので理章も屋敷のキッチンに戻って手伝う。

「今日、夕飯食べていきますよね？」

「いいのか？」

「はい、もちろん」

聞けば、今夜は鶏の照り焼きで、昨日から鶏肉をタレに漬け込んで仕込みをしておいたという。

「味が染みてて、きっとおいしいですよ」

自分においしい料理を食べさせるため、いつも手間を惜しまない希翔の優しさに、理章はひそかに感動した。

「あ、そろそろウサ吉を中に入れてやらないと」

希翔が庭へ戻りかけるのを、理章は咄嗟にその腕を掴んで引き留める。

「それより、さっきからまたウサ吉の声が聞こえなくなっている」

「え、もう効力切れちゃったんですか？」

「今朝のキスが短かったからかもしれないな」

希翔とキスしたさに、理章はささやかな嘘をつく。

「わ、わかりました。それじゃ、ウサ吉が外にいる間に、もう一度しましょうか」

「すまない」

やった、と内心嬉々としながら、けれどいかにも申し訳なさそうな表情で、理章は希翔の腰を抱きしめた。

いつ抱いても、折れそうなくらいに細い。

今度は思う存分、長い長いキスを堪能する。

唇を離すと、希翔はうっすらと目許を赤く染めてぼぅっとしている。

この反応は、悪くないはずだと確信し、さらに彼のことが可愛くなった。

――待てよ。今日、私は何度希翔くんのことを可愛いと考えた……？

自分でも数え切れないくらいだったので、その事実に愕然とする。

そして、キスだけでは済まないくらい、彼に欲情しているのをはっきり自覚した。

ああ、このまま押し倒したい。

それから、キス以上のありとあらゆることを彼に……。

「理章さん……？　どうかしたんですか？」

訝しげに声をかけられ、理章ははっと我に返り、全身の血が一気に引く思いがする。

「……いや、なんでもない。急用を思い出したから、今日はこれで失礼する」

「え、そうなんですか？」

希翔が見る見るうちに寂しそうな顔になったので、いや、今のは嘘だと前言を翻したくなるが、
理章はそんな未練を無理やりねじ伏せ、屋敷の外へ出る。

このまま一緒にいたら、希翔を押し倒してしまいそうだったから。

駐車場の車に向かいかけ、ふと気づいて庭園のテーブルへとって返す。

そして、まだそこにいたウサ吉に噛みついた。

「ウサ吉！　貴様、私になにをした!?」

「はぁ？　いったいなんの話や？」

「とぼけるな！　私になにか、その……魔術とか呪いとか、とにかくそういう得体の知れな

いものをかけただろう⁉　でなければ、こんなに希翔くんのことばかり考える説明がつかない
……！」

そうだ、きっとそうに違いない。

でなければ、このところの不可解な現象に説明がつかないではないか。

ところが、ウサ吉は心底あきれた様子で、こう答えた。

「は？　おまえ、アホちゃうか？　それはただの恋やろ」

「……恋、だと⁉」

「自分で気づいとらんのか？　おまえは希翔に、恋しとるんや。だから四六時中、希翔のことばっかり考えてまうんやろ。そりゃあ、わいはそんじょそこいらにはないぬいぐるみやけどなぁ、そうそう万能でもないんやで？　なんでもかんでも、わいのせいにするなや～」

――恋……この私が、恋だと……？

しかも、相手はひと回り近く年下の男の子だなんて。

「おいこら、理章。わいを中へ運んでから帰れや～！」

ウサ吉が喚いているのも耳に入らず、理章は愕然としたまま車に乗り込んだ。

◇　◇　◇

「はぁ……」

さきほどから口を衝いて出るのは、大きなため息ばかり。

「なんや、でっかいため息ついて。しあわせが逃げるでぇ」

英会話のレッスン中ウサ吉に言われ、希翔はテーブルの上の彼を見つめる。

「理章さん、ずっと来ないね。忙しいのかな？」

そうなのだ。

一緒に草むしりをしたあの日以来、一週間が経つが理章はあれきり顔を見せない。

今までは三日にあけず寄って、夕食を食べていったのに。

希翔の方も、三年ということでそろそろ就職活動を考えねばならず、前もって理章の許可をもらい、ＯＢ訪問したりとバタバタしていたのだが。

「ちゃんとごはん食べてるのかなぁ。理章さん、忙しいと食事抜いちゃうから」

その後電話もメールもなしのつぶてなので、もしかして病気でもして伏せっているのではないかと心配ばかりが募る。

「それとも、俺なんか理章さんの気に障るようなことしちゃったのかな？　ウサ吉、どう思う？」

するると、テーブルの上のウサ吉は例の悪い顔でキシシ、と笑う。

「そうやなぁ。理章はえらい性質の悪い病気かもしれんなぁ。重症で、お医者様でも草津《くさつ》の湯でも治せんらしいからのぅ」

「え、なにそれ？　どういう意味？」

「なんでもあらへん、こっちの話や。そんなに気になるなら、電話してみればええやん」

「え……でも、忙しかったら迷惑かもしれないし」

と、希翔もぐずぐずと言い訳をこね回す。

本当は電話をして、冷たくあしらわれたらどうしよう、という恐れがあるからだ。

理章に嫌われてしまったかも、と考えただけで胸の辺りが重くなる。

結局考えるのがいやになり、希翔はいつも以上に掃除に没頭して気を紛らわせるしかなかった。


それから数日して、ようやく理章から『なにか変わりはないか』という内容の短いメールが届いた。

それに大丈夫だと返信し、希翔は少し迷った末、『たくさん食材費をいただいているので、お時間できたらまた夕飯を食べに寄ってください』と付け加えた。

それから、さらに数日後。

理章から、ようやく夕飯を食べに寄るとメールがあったので、希翔は張り切って料理した。

「いらっしゃい、理章さん」

夜八時を回った頃、理章が来訪し、久しぶりに彼の顔を見られてほっとする。

「……ああ、久しぶりだな」

「お仕事、忙しかったんですか？」

「……まぁ、そんなところだ」

理章はなぜか歯切れが悪く、希翔と視線を合わせようとしない。

心なしか、少し痩せたような気がする。

「体調でも悪いんですか？　なんだか顔色よくないですよ？」

「いや、特に異常はない」

「そうですか……？」

それ以上はとりつくしまがなかったので、希翔は例のキスを言い出すきっかけが摑めなかった。

——いつもなら、理章さんの方からキスしてくるのに……。

すっかり習慣になっていた出会い頭のキスをスルーされ、希翔はひそかに落胆した。

もしかして、彼はもう自分とキスをするのが、いやになってしまったのだろうか……？

そう考えると、想像以上にショックを受けている自分に気づく。

――なに考えてるんだ、俺は……。理章さんはゲイじゃないんだから、男とキスなんて最初から渋々だったに決まってるじゃないか。

そんなこと、わかりきっていたはずだったのに。

内心の動揺を押し隠し、希翔は味噌汁をよそい、食事の支度をする。

今夜のメニューは、肉じゃがに人参とレンコンのきんぴら、豆腐とネギの味噌汁に鯵《あじ》の南蛮漬けと理章の好物ばかりだ。

「いただきます」

だが、久しぶりの二人での食事は、ひどく静かなものだった。

「あの……ウサ吉の声、聞こえます？」

「……いや」

もう二週間近くキスしていないので、当然だ。

けれど、そう振ってみても、理章はキスしようとは言い出さなかった。

やはりキスをするのがいやになったのだと確信し、希翔はますます落ち込む。

やがて食事が終わり、いつものように紅茶を淹れるのでウサ吉を連れてこようとすると、理章がそれを制した。

「きみに話がある、座ってくれ」

「……はい」

言われるままに席に戻ると、理章はどう切り出せばいいか思案している様子だった。

が、やがて思い切ったように口を開く。

「今まで、ウサ吉の声を聞くためにきみに協力してもらっていたが、それはもうやめたいと思う」

なかば予想していた言葉に、希翔はなんとか平静を装った。

落ち着け、もうわかっていたことではないか。

なのになぜ、こんなにも苦しいのだろう……？

「そんなことのために、きみにキスなんてするべきじゃなかった。本当に申し訳ない」

「……いえ、いいんです。そんな」

理章に頭を下げられ、よけいに惨めな気持ちになる。

「それで、だ……その……」

もうこれ以上、聞きたくない。

これ以上、傷つきたくない。

涙が込み上げてくるのを我慢できなくなりそうで、希翔はいきなり立ち上がる。

「あ、お砂糖切らしちゃってたんだっけ。俺、ちょっとコンビニ行ってきます」

「希翔くん……？」

ウサ吉の好みはストレートで砂糖は必要ないはずなのに、そんな矛盾もどうでもよかった。

ただ、この場から逃げ出したかった。

理章が慌てた様子で声をかけてきたが、希翔は聞こえないふりをして足早に屋敷を飛び出す。

全速力で、走って、走って、走って。

とにかく屋敷から離れたくて走るうちに、いつしかコンビニも通り越し、駅近くまで来てしまったことに気づく。

「はぁ……なにやってんだろ、俺」

こんなことで理章から逃げ出してしまうなんて、とさらなる自己嫌悪に陥る。

買い物に行くと言いながら手ぶらで、スマホも財布も置いてきてしまった。

屋敷には帰りたくないので自分のアパートに行きたくても、定期券もスマホケースの中なので、これでは電車にも乗れない。

自分のバカさ加減にさらに落ち込みながら、駅前のベンチであてもなく時間を潰すしかなかった。

どうして、こんなことになってしまったのだろう……?

恥ずかしくて、情けなくて。

理章に合わせる顔がなかった。

無一文なので屋敷に戻るしかないのだが、それでも戻りたくなくて、希翔はぐずぐずとベンチから立ち上がれずにいた。

　すると、ちょうどそこへ、駅の改札口から出てきた、大きな旅行用スーツケースを引いた外国人男性が目に入る。

　年の頃は、三十代半ばくらいだろうか。

　みごとな蜂蜜色のブロンドに、グリーンの瞳。

　理章と同じくらい長身なので、百八十センチ近くありそうだ。

　なにより希翔の目を引いたのは、彼が白薔薇の豪華な花束を抱えていたからだった。

　――あ、あれ……。

　エミリーの好きだったという、ティネケだ。

　それが気になり、見るともなしに眺めていると、スマホを片手になにかを探している男性は、通行人に声をかけようとして逃げられ、お手上げのようだった。

　道がわからないのかな、と思って見ていると、ばっちり目が合ってしまう。

　ベンチの希翔に気づくと、男性はにこにこしながらこちらへやってきた。

　まずい、話せるかなと一瞬不安になるが、そうだ、ウサ吉から英会話を習っていたんだっけと思い出す。

　男性はまず「隣に座ってもいいですか？」と辿々しい日本語で尋ねた。

「は、はい、どうぞ」

なんだ、日本語が話せるのかとほっとしつつ、一応英語で「なにかお困りですか？」と聞いてみる。

すると男性はぱぁっと明るい表情になった。

「おお、きみ、英語話せるんですか？」

「本当に少しだけですけど」

「よかった！　教えてください、僕はここへ行きたいです」

言いながら、彼はスマホの地図を差し出す。

見ると、目的地はなんと理章の屋敷だったので、希翔は驚きを隠せなかった。

「え……ここって、理章さんの……？」

「What?　きみ、ミチアキ・カイドウのこと知ってるんですか？」

「ええ、俺、ここのお屋敷で働いてるんです」

「それは奇遇ですね……！」

思わぬ偶然に感動したのか、男性は両手で希翔の手を握ってくる。

「僕はエリック。きみの名前は？」

「希翔です」

「キショウ、いい名前だ、とても」

希翔の英語はまだまだ片言なので、二人は英語と日本語とジェスチャーを駆使して、とりあえず希翔がエリックを屋敷まで道案内することになった。

――よかった……エリックさんのおかげで、一人より戻りやすくなった。

と、内心ほっとする。

屋敷までは駅から歩いてすぐなので、タクシーに乗るほどの距離でもない。

二人はぶらぶら歩きながら、屋敷へ向かった。

「あの、もしかしてエリックさんはロンドンのA社の方ですか？」

「よくわかりましたね。ミスターカイドウから連絡をいただいて、一九一〇年製スイーティーパイラビットのシリアルナンバー1が現存していると知り、仕事をフル回転で片付けて飛行機に飛び乗ってしまいました」

やはりエリックは、ウサ吉の現存を確認するためにA社が派遣した人間なのだ。

確か、理章は断ると言っていたはずだったが。

「スイーティーパイラビットに会えると思っただけで待ちきれなくて、成田《なりた》からこちらに直行してしまいました。先にホテルを押さえて、荷物を置いてくるべきでしたね」

と、エリックは人懐っこく笑う。

彼の笑顔が誰かに似ているような気がしたが、誰なのか思い出せなかった。

一方、その頃。

屋敷では突然希翔が出ていってしまったので、理章は激しく動揺していた。

――いったいどうしたというんだ？　まだ話の途中だったのに。

後を追うべきか、それともここで待つべきか、しばらく檻《おり》に閉じ込められた熊のごとく無駄にウロウロしていると。

出窓にかかっているカーテンの中から、いきなりウサ吉が飛び出してきた。

「ウ、ウサ吉⁉　おまえなぜ、そんなところに……ははぁ、わかったぞ。私と希翔の会話を盗み聞きしようとしていたな？」

ズバリそう指摘してやると、ウサ吉は一瞬怯んだジェスチャーを見せたが、すぐ大きな後ろ足でタシタシと床を踏み鳴らした。

「今はおまえの声は聞こえないが、これまでの経験上、なにを言いたいのか大体察しがつくぞ。なになに……『後でおまえをおちょくるために、わいが盗み聞きしてたことなんざ、どうでもええんや！　早いとこ希翔を追いかけや！』というところだろう？」

まさにドンピシャだったのか、ウサ吉はこくこくと頷く。

「しかし、彼は砂糖を買いに行くだけだと言っていたし……」

するとウサ吉は、焦れったそうにキッチンの棚の上に置かれていた希翔のスマホと財布を指差す。

「……そうか。希翔くんは財布も持たずに……なら、なぜ突然出ていってしまったんだ？　私はこれから大事な話をしようと……」

　すると、ウサ吉がまた焦れったそうにジェスチャーゲームを始める。

「なになに？『おまえ、ホンマのアホちゃうか？　あの言い方じゃ、希翔とキスするのがいややから、もうやめると言うとるのと一緒やろうが！』だって……？　ち、違う！　私は決してそんなつもりでは……！」

　ウサ吉に指摘されて初めて、理章は慌てた。

　このところ、ずっと悩み、考え抜いた末、彼は一つの結論に達したのだ。

　どうやら自分は、希翔に恋をしてしまったらしい。

　初めはウサ吉が、なにか得体の知れない魔法でも使ったのかと疑ったが、そういうことでもないようだ。

　自分が混乱しているのを自覚した理章は、とりあえずいったん希翔と距離を置くことにした。

　だが、自分で決めておきながら、会えない間に考えるのは彼のことばかりだ。

　希翔の柔らかい唇の感触を夢に見て、夜中に飛び起きる。

　たった三日で会いたくて堪らなくなったが、歯を食いしばって耐えた。

　夜も眠れず、仕事中も会えないイライラが募り、部下達には『機嫌が悪くて近寄れない』と遠巻きに見守られる始末だ。

希翔不足の禁断症状は、さほどに強烈だった。

耐えに耐えて、十日。

仕事にミスが目立ち始め、体重も数キロ落ちた。

これは、今まで外食が当たり前だったのに、希翔に食事を作ってもらうようになってからは妙に味が濃く感じてしまい、食欲もないからだ。

このままでは倒れるかもしれないという極限まで自分を追い込み、理章はようやく観念し、希翔への恋心を認めるしかなかった。

今まで結婚を拒み続けてきたのは、一人の相手に縛られたくないからなどと嘯いてきたが、本当は違う。

仲の良過ぎる両親を見て育った理章は、いつか自分も母のような伴侶と出会えたらいいと切に願っていた。

けれど、母が早過ぎる死を迎え、父の絶望と嘆きは相当なものだった。

魂の半分を持っていかれたような悲しみと憔悴《しょうすい》ぶりは、当時まだ中学生だった理章の心にある畏れを植えつけた。

心から愛する者を失った時の、恐怖だ。

あれから十数年が経つが、周囲からの再婚の話もすべて拒み続け、父は今も独り身を貫き通している。

もし、最愛の人と出会い、愛し合ったとしても、相手が母のように早く亡くなってしまったら……？

想像するだに恐ろしく、その畏れは理章に真剣な恋愛を回避させるのに充分だった。

もちろん、理章はハイスペックな経歴と容姿のおかげで、若い頃から壮絶にモテたので、言い寄ってくる女性は山ほどいた。

自ら積極的には行かないが、熱心にアタックされると、付き合ううちに好きになるかもしれないと一応相手の女性を受け入れるのだが、どうしてもなにか違うと思ってしまう。

歯車が嚙み合っていないうちに結婚をほのめかされると、途端に気持ちが冷めてしまうのだ。

やはり自分には恋愛は向いていないらしいと反省し、それ以降はひたすら仕事に打ち込んできたはずなのに、あろうことか男の子に恋をしてしまうなんて。

だが、どう足掻いてみてもこの気持ちは変えられない。

悩み抜いた末、理章は一つの結論に達した。

今はウサ吉の声を聞けるようにキスしてもらっているが、恋人でもない彼にいつまでもそんなことをさせてはいけない。

とはいえ、希翔に触れたい、キスしたい。

もちろん、それ以上先のことも。

ならば、仕事としてのキスはやめ、これから正式に交際を申し込むべきなのではないか。

そう腹を決めると、理章の行動は早かった。

希翔に久しぶりに食事に寄ると連絡を入れ、綺麗にアレンジしてもらった花束を買う。

なんだかいつも彼に花を贈っている気がするが、愛の告白には花束が必要だと思ったのだ。

こうして、やっとの思いで告白しようと思ったのに。

希翔は最後まで話を聞かずに、いきなり飛び出していってしまったのだ。

告白の際に渡そうと隠しておいた花束が、空しくかぐわしい芳香を放っていた。


「そんなつもりはなかったんだ……私は、希翔くんに正式に交際を申し込もうと……」

愕然と呟くと、テーブルの上にぴょんと飛び降りたウサ吉が、またダン！　と足を踏み鳴らす。

「なに……？　『おまえのやり方が下手過ぎたんや。このドアホ！　さっさと希翔を捜しに行かんかい！』だって？　そんなこと、わかってる……っ」

そうだ、落ち込んでいる場合ではない。

早く希翔を追いかけ、誤解を解かねば。

急いで屋敷を出ようとすると、ウサ吉が『わいも連れていけや～抱っこしろ！』と要求してきたので、やむなく彼を小脇に抱えて走り出す。

スーツ姿の理章が、可愛らしいウサギのぬいぐるみを抱えて走る様はさぞ滑稽だっただろうが、そんなことにかまう余裕はなかった。

あてもないので、とりあえず周囲を闇雲に走り回り、空振りだったので、今度は駅の方へ向かってみようと踵を返すと、前方から見覚えのある青年がこちらに向かって歩いてくるのが見えた。

「希翔くん……！」

安堵と嬉しさのあまり、彼の名を呼び、理章は上げかけた手を止める。

希翔は、一人ではなかった。

長身で大柄な金髪の外国人男性と一緒だったのだ。

希翔がその男性に楽しげに笑いかけていたのが、さらに理章を打ちのめした。

「き、希翔くん！」

とにかく駆け寄ると、希翔はようやく理章に気づき、そして気まずそうに合わせた視線を逸らす。

「理章さん……」

「戻ってこないから、心配したぞ。こちらの方は？」

「あ……駅前で偶然お会いしたんです。ウサ吉の件でロンドンからいらしたそうで、道案内してお連れしました。A社のエリックさんです」

「A社の……？」

そこでようやく、ウサ吉の写真を撮るために屋敷の住所を教えてほしいと言われ、いろいろ情

報をもらった手前断れなかったのを思い出す。

だが、今は正直それどころではなかった。

希翔の笑顔が、自分以外の男に向けられていただけで、理章の胸はメラメラと嫉妬の業火に焼かれる。

するとエリックと紹介された男性は、理章に向かって右手を差し出し、英語で話しかけてきた。

「初めまして、ミスターカイドウ。エリック・ローレンスと申します。どうぞよろしく」

なので、理章も英語で応対する。

「こちらこそ、先日御社には電話でいろいろと教えていただき、助かりました。ですが、こんなに早くいらっしゃるとは伺っていなくて。確か、こちらがしばらく多忙なので、そのうち折りを見て……とお願いしていたはずなのですが」

「すみません、それは私が待ちきれなかったからです。個人的に休暇を取って、日本観光するつもりで思い立ってやって来てしまいました。おおっ、それがスイーティーパイラビットですか⁉」

エリックはめざとく、理章が抱えていたウサ吉に気づく。

ウサ吉はといえば、普通のぬいぐるみのふりをしているが、理章には『おいこら、理章！　よくもわいのこと見世物にしくさってくれたな。このボケが！』と悪態をついているオーラがひしひしと伝わってきた。

「ま、まぁ立ち話もなんですから、とにかく中へどうぞ」

そう話題を変え、理章は彼を屋敷へ招き入れた。

希翔は、少しためらったものの、依然理章とは目線を合わせようとせず、エリックの後に続く。

完全に拒絶され、理章はかなりショックを受けた。

まさかモメている最中にA社の人間がやってくるとは思わなかったので、こんな時に限って、と歯がみする。

屋敷に入ると、エントランス正面脇の廊下にかかっているエミリーの肖像画を見て、エリックはその前で足を止めた。

そして、ほぅ、と吐息を落とす。

「キショウ、この花束を、エミリーに捧げてもらえますか？　彼女の好きだった花です」

「え……？」

差し出されたティネケの花束を受け取り、希翔と理章は顔を見合わせる。

「私はA社の人間でもありますが、エミリーの従弟でもあります。エミリーとは、母親同士が姉妹なのです」

「そうだったんですか……あ、だから目許がエミリーさんと似てたんだ……」

と、希翔が独り言のように呟く。

言われてみれば、エリックはエミリーと同じグリーンの瞳で、目許がよく似ていた。

「エミリーは長女の娘、私は末妹の息子なので、ひと回り以上の年の差がありましたが、私が小さい頃、エミリーによく遊んでもらったことを思い出します。彼女が亡くなった時、私はまだ学生で葬儀にも参列できず、残念でした。心よりお悔やみ申し上げます」

「それは……ご丁寧にありがとうございます」

突然現れたエリックが、母の従弟でもあったと知り、理章はますます混乱する。

「できたら、エミリーのお墓参りをさせていただきたいのですが、今日はもう遅いので無理ですね」

エリックが、残念そうに言う。

「理章さん、エリックさんはまだホテル取ってないらしいんです。この辺り、手頃なホテルもないし……」

希翔に言われ、この流れでは親戚でもあるエリックを泊めてやらねば自分が冷血漢のようになってしまう。

だが、エリックはかなりの美男子だ。

屋敷に希翔とエリックを二人きりにすることに、理章は大いに抵抗があった。

「よ、よかったらゲストルームが空いているので、うちに滞在してください。私もちょうどマンションの水道工事が入っていて不便なので、しばらくこちらに寝泊まりする予定ですので」

「え、そうだったんですか?」

希翔に初耳だという顔をされ、「あ、後から言うつもりだったんだ」と弁解する。

嘘である。

――冗談じゃないぞ。この微妙な状況で二人きりにさせてたまるか……！

こうなったら自分も泊まり込み、目を光らせていなければ、と理章は一人心に決めていた。

「おお！　本当ですか？　エミリーが暮らしていた屋敷に滞在できるなんて、僕はなんて幸せ者なのでしょう。ご厚情、感謝します」

理章は英語が堪能なので、込み入った会話は希翔に通訳する。

とりあえず、エリックをゲストルームに案内し、彼がシャワーを浴びている間に、理章と希翔、それにウサ吉で作戦会議が始まった。

「理章！　おんどれ、断ったんやなかったんか⁉　つまらんことを了承しくさってからに。わいがモルモットにされてもええんか？」

希翔の通訳が入ると、さっそくウサ吉の怒りが炸裂する。

「控えめにお茶を濁して遠慮してくれと伝えたつもりだったんだが、先方には伝わっていなかったようだな……」

「当たり前や！　日本特有の『察してや文化』が外国人に通用するわけないやろっ」

「し、しかたがないだろう。なにしろ、おまえは現存する貴重な数体の中の一体らしいからな。熱心に頼まれて、はっきり拒絶はしにくかったんだ」

「で、でも、これからどうします？　エリックさん、エミリーさんの従弟だから、もしかしてウサ吉の声が聞こえるかも……」

希翔の言葉に、しん、と場が静まり返る。

確かに、エミリーの血縁者ということは、その可能性は充分にある。

もしエリックに声が聞こえたら、A社にその旨を報告され、大騒ぎになるかもしれない。

理章と希翔は青ざめるが、ウサ吉はなぜか平然としている。

「そこは恐らく大丈夫や。エリックはなんといってもエミリーの身内やからな。わいがつらい目に遭うようなことはせんはずや」

「そ、そうだよね。ちゃんと事情を説明したら、悪いようにはしないでくれるかも」

いつのまにか希翔までエリックの肩を持つので、理章は内心穏やかではなかった。

「ふん、さっき会ったばかりの他人をよく信用できるな。母の従弟だからといって、こちらの味方になってくれるとは限らないだろう」

嫉妬でつい憎まれ口を利いてしまうと、希翔が悲しげに目を伏せる。

しまった、と思ってもあとのまつりだ。

が、理章はめげずにウサ吉を抱き上げ、いったん応接間の外へ出た。

「少しだけ二人きりにしてくれ。頼む……！」

ウサ吉にそう懇願し、廊下にある飾り棚の上に置くと、ウサ吉は『どうせ玉砕すんのに、懲りないやっちゃのう』という顔をした。

急いで室内へ戻ると、ソファーに残された希翔は一人うつむいていた。

「希翔くん、話がある。さっきの続きなんだが……」

改めてそう切り出すと、希翔はなぜかびくりと震え、理章と視線を合わせようとしない。

「……わかってます。理章さんが俺ともうキスしたくないっていうのは、伝わりましたから」

「い、いや、違うんだ。そうじゃなくて……っ」

「すみません、その話はしたくないです。俺、エリックさんの着替えを準備しないといけないんで」

失礼します、と一礼し、希翔は逃げるように応接間から出ていってしまった。

明らかな拒絶に、理章はショックで立ち直れない。

――どうして、私の話を聞いてくれないんだ。希翔くん……！

一人身悶えても、状況は変わらない。

とにかく、エリックが滞在している間はなるべく二人きりにしたくない。

恋する者の直感で、理章はエリックの希翔を見る目に一抹の不穏なものを感じ取っていた。

しおしおと廊下へ出ると、飾り棚の上のウサ吉に『案の定、玉砕やな、自分』といった哀れみの視線で見つめられる。

今まで黙っていても女性の方から寄ってくる人生だったせいか、自ら積極的に動く経験がなかったため、悲しいかな、理章は絶望的に恋愛偏差値が低かった。

——くそっ、こんなことであきらめてたまるか……！

だが、理章はまだあきらめたわけではなかった。

◇　◇　◇

翌朝、希翔は早起きし、キッチンで朝食の支度を始めた。

いつもは一人なので簡単なもので済ませてしまうのだが、今日は理章とエリックがいるので張り切ってキッチンに立つ。

簡単なサラダにフルーツを切り、ソーセージとスクランブルエッグを焼く。

食パンをトースターにセットしたところで、二階からワイシャツにネクタイ姿の理章が下りてきた。

「あ、おはようございます」

「……おはよう」

希翔は努めて明るく、なにごともなかったかのように振る舞う。

「朝ごはんできたので、よかったらどうぞ」

理章が、なにか言いたげに自分を見つめているのがわかったが、それにも気づかないふりをした。

理章は優しいので、キスを拒否したことで、希翔が自尊心を傷つけられているのでは、と心配しているのだろう。

だが、そんな同情はさらに希翔を傷つけるだけだ。

理章にキスを拒まれただけで、こんなにもショックを受けているのは自分だけなのだと思うと、少し悔しい。

故意に忙しく立ち働いて、話しかけられる隙を見せないようにしたので、理章はしおしおとダイニングテーブルに着いた。

すると、続いてエリックもダイニングに現れる。

朝から爽やかな笑顔で、サマーニットにデニムという軽装がよく似合っていた。

「おはようございます、エリックさん。よく眠れましたか?」

「ええ、おかげさまで快適でした」

三人揃ったところで、朝食が始まる。

「キショウのブレックファースト、とてもおいしいです」

「そうですか?　よかった」

こんな簡単なもので、と恐縮するほどエリックが喜んでくれたので、希翔はこそばゆい思いがする。

反面、なぜか理章は不機嫌そうに黙々と食事を続けているので、希翔は気を遣って話しかけた。

「理章さん、今日はエリックさんをお墓参りに連れていってあげようと思うんですけど」

希翔としては、海棠家の菩提寺《ぼだいじ》の場所を教えてほしかったのだが。

「わかった、私が車で案内しよう」

意外にも、理章は同行すると言い出した。

「え、お仕事は大丈夫なんですか？」

「ああ、問題ない」

あまりエリックの滞在に乗り気でないように見えたが、内心では母親の親族を歓迎しているのかもしれない、と思い直す。

なら、自分も理章の助けになるように、できる限りエリックをもてなそうと考えた。

朝食を終え、出かける支度をしていると、ウサ吉が「わいもエミリーの墓参りに行きたい！」と騒ぎ出したので、やむなく希翔が抱っこしていくことにする。

「おや、スイーティーパイラビットも連れていくのですか？」

「え、ええ、この子もエミリーさんのお墓参り、したいかな～なんて思って」

案の定、エリックに不思議そうな顔をされ、希翔はそう誤魔化す。

「キショウはとても優しいですね」

「いえ、そんな」

そんなやりとりをしていると、理章が咳払いする。

「そろそろ出かけるぞ」

「は、はい」

こうして三人とウサ吉は、理章の車で屋敷を出発した。

海棠家の菩提寺は車で小一時間ほどの距離にあり、途中、エリックは車窓に見える日本の風景を興味深そうに眺めていた。

「キショウ、あれはなんです?」

後部座席からあれこれ尋ねてくるエリックは、まるで子どものようにはしゃいでいる。

「ずっと、エミリーが生きている間、会いに来たかったです。今まで来日の機会がなかったのですが、仕事絡みとはいえ、エミリーの愛した日本に来られて、僕も嬉しいです」

「エリックさん……」

途中、フラワーショップに寄り、エリックが再びエミリーの好きなティネケの花束を買う。

線香はあらかじめ、希翔が用意しておいた。

エミリーは仏教徒ではなかったが、結婚後は海棠家に骨を埋める気で嫁いで来たからと先祖代々の墓に入ることを望んだらしい。

今、異国の地に眠る彼女は、いったいなにを思うのだろうかと希翔は少し感傷的な気分になる。

海棠家の墓は寺の墓所の中でも一番高台にあり、眺めもよかった。

手分けし、墓石を丁寧に磨いて敷地も掃除してから、希翔がエリックに線香のあげ方を教えてやる。

「日本では、亡くなった人のためにお線香をあげるんです。これには、その煙を通じて故人と会話するという意味があるらしいですよ」

「希翔くんは若いのに、よく知っているな」

それを通訳しつつ、感心したように理章が言う。

「祖母が教えてくれました。俺も父を亡くしていますから」

「……そうか、そうだったな」

「俺もずっと、エミリーさんのお墓参りをさせてもらいたかったんで、今日は皆で来られてよかったです」

そう理章に微笑みかけると、彼はなぜか面映そうに視線を逸らした。

——やっぱり俺、理章さんに避けられてるのかな……。

きっと、なにか彼の気に障ることをしてしまったのだろう、と悲しくなる。

なのに仕事をクビにしないのは、ウサ吉との通訳がまだ必要だから……？

だが、どんな理由でもいい、彼のそばにいたい。

希翔は、いつしかそんな風に考えている自分に驚いた。

「キショウ、よかったら観光案内してほしいです。一緒にアサクサ、行ってくれますか？」

「ええ、いいですよ。あんまり詳しくないですけど」

なにげなく、そう答えると。

「浅草《あさくさ》か。しばらく行っていないな。私も行こう」

なぜか、また理章がそう言い出した。

「皆で行きましょう！　大勢の方が、きっと楽しいです。もちろん、スイーティーパイラビットもね」

エリックが理章の屋敷に滞在し始めてから、三日が過ぎた。

週末の浅草観光には理章も同行したものの、週明けの都内巡りにはさすがに仕事を抜けられなかったらしく、渋々出勤していった。

なので今日は、希翔とエリックの二人だけで出かける。

築地《つきじ》や上野《うえの》動物園など、外国人観光客が喜びそうな場所をセレクトしてやると、エリックはとても喜んでくれた。

歩き疲れたので、一息つこうということになり、手近にあったカフェへ入る。

「ずっと聞きたかったのですが」

「うん、なに？」

注文したアイスティーを啜りながら、希翔はその香りを堪能する。

ウサ吉のせいで、すっかり紅茶にハマってしまったが、やはり家で飲むあのブランドのものが一番おいしく感じてしまう。

「キショウとミチアキは、ステディなのですか？」

が、エリックの唐突な質問に、危うくアイスティーを吹きそうになってしまった。

「え？　違う違う！　理章さんは俺の雇用主ってだけで、そんな関係じゃないよ」

慌てて否定すると、エリックは「そうなの？」と言いたげな顔をした。

そう、自分達はそんな関係ではない。

口に出してみると、なぜだかツキンと胸が痛くなる。

エリックが来た日以来、なにごともなかったかのように振る舞い続けてはいるが、なんだか理章が不機嫌そうなのもつらかった。

もしかしたら、彼はもう、顔も見たくないくらい自分のことがいやになってしまったのだろうか……？

なのに、なぜかあれ以来、理章もずっと屋敷に滞在しているのも不思議なのだが。

――俺はあのお屋敷を出ていった方がいいのかな……？

つい、そんなことを考えてしまう。

するとと、向かいの席で希翔を見つめていたエリックが言った。

「悲しそうですね。なにがきみに、そんな顔をさせるのですか？」

「……俺、お屋敷の管理と清掃スタッフとして雇われてるんだけど、あんまり理章さんの役に立ててない気がして……」

「そんなことはないと思いますよ。キショウ、とても親切。僕は大好きです」

「はは、ありがと。そんな優しいこと言ってくれるの、エリックさんだけだよ」

照れくさそうに笑う希翔をじっと見つめ、エリックは「ミチアキとキショウがステディでなくて、本当によかったです」と呟いた。

「え？」

「いえ、なんでもありません。次はどこへ行きましょうか？」

と、エリックはガイドブック片手ににっこりした。


こうして、エリックと理章、そして希翔の奇妙な三人での生活は続いた。

エリックはウサ吉に会うのにかこつけて長期休暇を取ってきたらしく、完全に日本観光を楽しむつもりのようだ。

理章としてはそう長く滞在するとは思っていなかったようだが、まさか出ていけと追い出すわけにもいかず、なんとなく不機嫌なのがわかるので、間に挟まれて希翔は気を遣う。

その日は夕方から、庭園が見える位置でエリックがウサ吉の写真を撮影していた。

エリックはウサ吉に触れる時は白手袋を嵌め、丁重に扱う。

夕飯の支度も終わったので、希翔も興味津々でそれに付き合っていた。

「何度見ても、本当に素晴らしい……！　百年以上前のものとは思えないほど、保存状態がいいですね。メンテナンスも定期的に受けてらしたようですし」

「メンテナンス……？」

「はい、ぬいぐるみは経年劣化で中綿が潰れたり、外皮が破れたりしますので、メンテナンスが必要なのです」

エリックの話では、ウサ吉は的確なメンテナンスを何度か受け、持ち主に大切にされてきたからこそ、百年もの間いい状態で現存できたようだ。

ケンカをして、手荒く扱ったりして悪かった、と希翔はひそかに反省する。

「そういえば背中が、少しほつれてしまってるんだけど」

「とりあえず、現状を本社に報告しなければならないので、撮影が済んだら帰国までに僕がメンテナンスしますよ」

「ほんと？　エリックさん、メンテナンスできるんだ」

「はい、これでもぬいぐるみ修復の腕はいいのですよ？」

ウサ吉はといえば、ふつうのぬいぐるみのふりをしているので、エリックの前ではピクリとも動かない。

こちらもだいぶ猫を被っていて、いつものように好きに振る舞えないので、そろそろストレスが溜まっている頃だろう。

いろいろな角度からたくさんの写真を撮ったエリックは、それを自分のＳＮＳにアップしたいと言い出した。

希翔の一存では決められないので、理章にメールで問い合わせると、かまわないと返事が来る。

そこでエリックは、自分とウサ吉のツーショット写真を希翔に撮ってもらった。

スマホを見せてもらうと、エリックは本国ではその名を知られているらしく、ＳＮＳにはたくさんの、彼が修復したぬいぐるみとの写真がアップされていた。

『初めて日本に来て、とてもエキサイティングなことが起きたんだ。なんと、幻のぬいぐるみ、スイーティーパイラビットに出会えたんだよ』

そんな英語でのコメントと共に、エリックは満面の笑顔でウサ吉を抱いている写真を載せる。

するとすぐに、彼のファンらしき人々の反応が返ってきて、見ているだけで面白かった。

「わ、すごいフォロワー数。エリックさん、有名人なんだね」

「そうでもないですよ」

二人でスマホを見ながら和気藹々と話しているると、背後に人の気配を感じたので、希翔が振り返る。

するといつのまにか帰宅していたらしく、スーツ姿の理章が立っていた。

「あ、お帰りなさい。全然気がつかなかった」

「……ただいま」

明るく出迎えたが、理章は不機嫌そうだ。

なぜか理章はエリックと希翔が二人きりになるのがいやなようで、エリックが来てから帰宅時間がそれまでよりだいぶ早くなったのだ。

自宅マンションが水道工事と言っていたが、何日経っても一向にそちらに戻る気配がないのも不思議だ。

「そ、それじゃごはんにしようか」

と、急いでキッチンへ支度に走る。

二人の間で板挟みになり、少々居心地の悪い希翔だった。

三人での夕食を終え、希翔がキッチンで後片付けをしていると。

「ミチアキ、キショウ、ちょっといいですか？」

「なに？　どうしたの？」

スマホを手にしたエリックに呼ばれ、二人は彼の許へ向かう。

するとエリックは、スマホの画面を見せてきた。

「スイーティーパイラビットの写真をＳＮＳにアップしたところ、持ち主を名乗る女性から連絡があったのですが」

「え……!?」

予期せぬ事態に、希翔と理章は思わず顔を見合わせる。

「もしかして……今までウサ吉がお世話になってた、関西のお嬢さんなのかな？」

「うむ……しかしウサ吉がヴィンテージ物だと知っていて、騙《だま》し取ろうとする輩の可能性もあるぞ」

すると、それを聞いたエリックが言う。

「僕もそれを考え、試しにスイーティーパイラビットのシリアルナンバーをＤＭ《ダイレクトメール》のやりとりで確認したところ、合っていました。写真だけではナンバーはわからないので、とにかく一度はスイーティーパイラビットの実物を手にしたことがある人物なのは確かです」

エリックの話では、菜那と名乗るその女性はどうしてもウサ吉に会いたいと言っているらしい。

名前もウサ吉から聞いているものと一致したので、希翔は理章を振り返った。

「どうします？　理章さん」

「……一応長い間ウサ吉を預かって大切にしてくれていた人物かもしれないから、むげにもできないだろう」

「ところでなぜ、お二人はスイーティーパイラビットが少し前まで関西にいたことを知っているのですか？」

至極当然なエリックの疑問に、二人はぎくりとする。

ウサ吉から聞いたとは当然言えないので、「か、買ったリサイクルショップのおじさんが、関西で引き取ったって言ってたから」と苦しい嘘をつく。

が、エリックは一応納得したようで、それ以上は追及してこなかったのでほっとした。

とりあえず悩んだ末、結局理章は、エリックを通して菜那という女性を屋敷に招待することにしたのだ。


そして、約束の週末。

午後三時のお茶の時間に彼女が来訪する予定なので、希翔は午前中から掃除をしたり花を飾ったりと忙しく立ち働いていた。

バタバタと二階の廊下を歩いていると、ドアが開いて自室にいた理章が声をかけてくる。

「なにか、手伝うことはあるか？」

「ありがとうございます。でも、大丈夫です」

お茶の準備もひと通り終わっていたのでそう答えると、「そうか」と言って理章が行きかけたのを、急いで呼び止める。

「あの、理章さん」

「なんだ？」

「今日は菜那さん達の目的がわからないので、理章さんにもウサ吉の声が聞こえていた方が対処しやすいと思うんです。だから……いやだろうけど、ちょっとだけ我慢してもらえますか？」

「……え？」

理章がなにか言う前に、希翔は背伸びして、一瞬だけ彼の唇にキスした。

そして、さっと身を引く。

「失礼して、すみません。今日はよろしくお願いします」

そう言い置き、逃げるように階下へ戻る。

まだ心臓は激しく脈打っていて、頬が熱い。

キスされるのをいやがっている理章にあんな真似をするのは不本意だったが、菜那達の前で通訳をするわけにもいかないのでやむを得ないのだ、と自分に言い訳する。

だが、久しぶりの理章の唇の感触に、なかなか動悸は治まらなかった。

気分を落ち着かせるために、キッチンでお湯を沸かしていると。

「菜那に会えるんは、久しぶりやから嬉しいなぁ。わざわいを探して大阪から来てくれるやなんて、やっぱりわいのことが忘れられんのやろうなぁ」

と、棚の上にいるウサ吉はご機嫌だ。

「おまえ、菜那さんの前では喋ったり動いたりしてなかったんだろ？　大人しくしてろよ？」

「わかっとるがな」

と、そこへエリックがやってきたので、希翔は慌ててウサ吉との会話をやめる。

「キショウ、なにか手伝うことはありますか？」

「ううん、大丈夫。ありがとう、エリックさん」

するとそこでエリックは用意してあった紅茶の缶を手に取った。

「エミリーの好きなブランドですね。ここの本店のアフタヌーンティーは絶品なんですよ」

「へぇ、そうなんだ。一度行ってみたいな」

甘い物が好きな希翔がなにげなくそう言うと、エリックはなぜかじっと見つめてくる。

「ぜひ、ロンドンに遊びに来てください。僕が案内します」

「はは、行けたらいいなぁ。そんなこと言うと俺、本気にしちゃうよ？」

社交辞令だと疑わない希翔はそう流そうとしたが、エリックは真剣な表情で希翔の右手を取った。

そして、その甲に恭しく口付ける。

「初めて会った時から、キショウには運命のようなものを感じていました。僕と同じ気持ちを、キショウも感じてくれていたら嬉しいのですが」

「エ、エリックさん……?」

「僕はゲイです。気づかなかったですか?」

言われるまで、彼から向けられる好意をごく一般的なものだと思い込んでいた希翔は、こくこくと頷く。

まさか、エリックがゲイで、そんな気持ちでいたなんて夢にも思わなかった。

「ロンドンでも、今はステディな恋人はいません。キショウさえよければ、僕との未来を考えてくれると、とてもハッピーです」

「エリックさん……」

「ホテルを取ればいいのに、いつまでも図々しくここに居座っているのは、キショウと一緒にいたいから、なんて言ったら、ミチアキに叱られますね」

と、エリックが笑ってみせる。

「ああ、しまった! 告白はちゃんと計画して、もっとロマンティックなシチュエーションでするつもりだったのに」

そうおどけてみせ、返事は急がないからとエリックはキッチンを出ていった。

一人残された希翔は、困惑する。

「どうしよう……エリックさんがそんな風に思ってたなんて、ぜんぜん気づかなかった……」

「希翔は鈍いからのぅ。エリックは最初から、好き好きオーラ全開やったでぇ」

と、ウサ吉に言われ、びっくりする。

「え、ウサ吉、気づいてたの⁉」

「おまえが鈍過ぎるだけや。せやから、理章がいつもカリカリしとったやないか」

「？　エリックさんが俺のこと好きで、どうして理章さんが機嫌悪くなるんだよ？」

本気で不思議そうな希翔に、ウサ吉は「あちゃ～、アカンで～。希翔は鈍過ぎやで～」とのたまう。

「ま、理章のことはどうでもええわ。せっかくやし、一発エリックにぶちゅっとキスして、わいの声が聞こえるようにしたってや」

「そ、そんなことできるわけないだろっ、なに考えてんだ！」

ウサ吉とモメていると、いつのまにかキッチンの入り口に理章が立っていたのに気づき、希翔はドキリとした。

「み、理章さん……？」

タイミング悪く、どうやら今のエリックとの会話を聞かれてしまったらしい。

——き、気まずい……！

ただでさえ今、理章とはギクシャクしているというのに、と希翔は臍《ほぞ》を噛む。

「ずいぶんエリックと親しくなったんだな」

「ええ、エリックさん、いい人ですよ」

なにごともなかったかのように答えると、理章はなぜかいっそう苛立った様子だった。

「……好きなのか？　彼のことが」

「え……なに言ってるんですか？」

希翔としては、エミリーの親族なのだから、理章のために丁重にもてなしているつもりだったのに、それを責められて意味がわからない。

「なに怒ってるんですか？　エリックさんはエミリーさんの親戚だから……」

「わかってる……！」

そう叫んだ理章は、ふいに腕を伸ばし、希翔を抱きしめてくる。

「み、理章さん……!?」

「私だって、わかってるんだ……そんなこと」

耳許で囁《ささや》かれる声音は、とても苦しげで。

希翔は思わずどうにかしてやりたくなってしまう。

——なんだよ……自分からもうキスしないって言ったくせに。訳わかんない……っ。

翻弄されているのはこっちの方だと文句を言ってやりたかったが、久しぶりに触れた理章の体温が心地よくて。

希翔は抗うことができなかった。

「希翔くん……」

両肩を摑んで引き離され、唇を求められているのはわかったが、

「……キスしようとしているのは、ウサ吉の声が聞きたいからなんですか？」

まっすぐ理章の瞳を見返し、そう尋ねてしまう。

すると理章は、つらそうに「違う」と答えた。

——じゃあ、どうして……？

合わせた視線が外せず、二人が見つめ合った、その時。

ふいに玄関のインターフォンが鳴り、二人はびくりと反応してしまう。

「……菜那さん達が、いらしたみたいです」

「……ああ、そうだな」

お互い、気まずそうに身体を離し、解放された希翔は急いで玄関へ走る。

「本日はお招きありがとうございました。私、モモの前の持ち主で菜那と申します」

礼儀正しく挨拶した菜那は、律儀に手土産の菓子折を差し出した。

白のサマーニットにミニスカート姿の菜那は、ショートヘアの可愛らしい女性だった。

大学生ということなので、希翔と同じくらいの年齢だろう。

反面、連れの男性はルックスは悪くないが終始落ち着きがなく、屋敷に入ってから家具や調度品を値踏みするように眺めている。
二十三、四歳くらいだが、ロックバンドの派手なTシャツに腰穿きのデニムと着崩した服装も

だらしなく、お嬢様然とした菜那とはどこか不釣り合いな印象だった。

「こっちは私の彼氏の、昌人です」

すると、紹介されているというのに挨拶もせず、昌人は「へぇ、すごい屋敷やな。ちょっと見学させてもらうわ」と勝手にあちこち覗き始めた。

「昌人、失礼やで」

菜那が窘めるが、昌人は意に介する様子もなく、ずかずかと無遠慮にリビングやサンルームの外を眺めたりしてようやく戻ってくる。

そして皆を待たせたのは自分なのに、平然と「モモはどこや?」と聞いてくる。

「まぁ、立ち話もなんですから、応接間へどうぞ」

希翔は二人を、理章とエリック、それにウサ吉が待っている応接間へと案内した。

テーブルの上にいたウサ吉を見つけると、菜那は「モモ……!」と叫んで駆け寄り、ぎゅっと抱きしめる。

「ナナさん、すみませんが丁重に扱ってください」

エリックは気が気でないのか、理章に通訳を頼んでそう注意を促す。

「あ、ごめんなさい。モモ、ほんまはすごい貴重品やったんやもんね」

菜那はそう言いつつも、自分の愛したぬいぐるみが気安く触れられないものになってしまったと知って寂しそうだった。

――ウサ吉は、この十数年ずっと彼女に愛されてきたんだな。

それは見ていて、充分に伝わってきた。

エミリー達にとっては、アーサー。

菜那にとっては、モモ。

エリックにとっては、スイーティーパイラビット。

そして、自分はウサ吉と名付け、それぞれ名前が違うように、皆それぞれの愛情を注いで彼を大切に思ってきたのだろう。

「そない大事に扱うほどの値打ち物なんやな、それ」

昌人は、なぜか嬉しそうに言う。

「はい、百年以上前のスイーティーパイラビットシリーズの、現存するわずか数体の中の一体で、とても貴重な品です」

その後もエリックの英語は理章が通訳し、二人に伝える。

そこでようやく、理章が希翔とエリックを二人に紹介するが、昌人はなぜクリーンスタッフが同席するのか、とあからさまに不審げな態度だったので希翔はいたたまれなくなった。

「モモのこと、ずっと捜しとったんです。古物商とかリサイクルショップとか、片っ端から当たってみたんやけど見つからなくて。ダメモトでSNSで検索してみたら、エリックさんが写真をアップしてくれとるんを見つけて、すごく嬉しかった。神様が、もう一度モモと私を引き合わせてくれたんやと思いました」

と、菜那はウサ吉との再会に瞳を潤ませている。

菜那も昌人も英語は日常会話程度にしかわからないのだが、エリックと連絡を取るために、翻訳ソフトを使って必死に英文メールを書いたらしい。

「あの、どうしてウサ……モモはあなたの家から持ち出されたんですか？」

こんなにウサ吉を大事にしていたらしい菜那が、自ら手放すはずがない。

ずっと気になっていたので、希翔がそう質問する。

「それが、私の家に空き巣が入ってしもて……。お金や貴金属と一緒に、モモもなくなってしもたんです」

「ということは、犯人はぬいぐるみに値打ちがあると知っていた人物ということになりますね」

と、エリック。

確かに、ウサ吉は一見するとただの古びたぬいぐるみにしか見えないので、ヴィンテージ物だと知らない泥棒は一顧だにしないだろう。

すると、まだ来たばかりだというのに気が短いのか、昌人が口を挟んできた。

「そんなことはどうでもええから、モモを返してくれや。元々モモは菜那のものだったんやから」

やはり目的はそれか、と理章と希翔は瞳で会話する。

すると菜那も、一同に向かってぺこりと頭を下げてきた。

「私からも、お願いします。モモは私が六歳の時からの大事な友達なんです。うち、土建会社を経営しとって、両親はいつも仕事で忙しゅうて、小さい頃からモモだけがそばにおってくれたんです。ずっとずっと、私の親友でした。どうかモモを私に返してください……！」

「お気持ちはわかりますが、スイーティーパイラビットは元々この家の奥様のもので、それも事情があって持ち出されてしまった経緯があります。つまり、現在の持ち主はそのご子息である、こちらのミチアキ氏になるわけで」

と、エリックが理章を指し示す。

エミリーは遺言として、ウサ吉を息子である理章に遺した。

その直後、父の手によって捨てられてしまったが、所有権は理章にある。

「希翔くんは、どう思う？」

すると、理章がそう聞いてきたので、希翔は一瞬躊躇《ちゅうちょ》した。

「それは……」

「は？　そいつ、ただの使用人やろ？　部外者の意見なんか、どうでもええやろが」

昌人の言葉が、ぐさりと希翔の胸に突き刺さる。

彼の言う通りだ。

自分は、たまたまウサ吉の声が聞こえるからという理由で理章に雇われている人間で、なんの権利もないのだから。

「とにかく、最後の所有者は菜那やろ」

「いや、希翔くんは無関係ではない。なぜなら、リサイクルショップからウサ吉を……失礼、私達はそう呼んでいるので。このぬいぐるみを購入したのは彼で、その理屈で言えば、現在の所有者は希翔くんということになる」

理章の正論に、噛みついた昌人がぐっと詰まる。

理章が自分を庇ってくれたのが嬉しくて、希翔は少し勇気が出た。

「俺は……ウサ吉の意志が一番大事だと思います。ウサ吉がどこにいたいのか、どうしたいのかを確認した方がいいと思う」

「あんた、なに言っとるんや？　俺らのこと、ナメとんのか？」

イラつき出した昌人に、テーブルの上でずっと彼らのやりとりを聞いていたウサ吉が、ようやく口を開く。

「やれやれ、菜那も男を見る目がないのぅ。こんなカス、摑みよってからに」

「ウサ吉、おまえはどうしたい……？」

ぬいぐるみにそう話しかける希翔を、エリックと菜那は驚きに満ちた瞳で、そして昌人は明らかにバカにしきった様子で眺めている。

すると、ウサ吉は少し考え、言った。

「わいは菜那のことも好きやけど、エミリーと過ごしたこの屋敷で、思い出と共に静かに暮らしたいんや。それがわいの望みや」

「……そうか」

信じてもらえないのは覚悟の上で、希翔は今の言葉を皆にそのまま伝えた。

案の定、昌人が烈火のごとく怒り出す。

「ぬいぐるみが喋るわけないやろ！　人をバカにすんのもええ加減にしろや⁉　こっちは出ると
こ出たってええんやで⁉」

「やめてぇや、昌人」

「おまえ一人じゃナメられてええようにされるから、俺がついてきてやったんやないか。モモを
取り返したいんやろ？」

恋人に詰め寄られ、菜那は困った様子で項垂れる。

すると、ウサ吉が希翔に言った。

「希翔、わいの言葉を、菜那に伝えてんか」

「う、うん」

ウサ吉に頼まれ、希翔はその通りに繰り返す。

「菜那、久しぶりやな。わいもおまえに会いたかったでぇ。わいが話せること、今まで隠しとっ
てすまんかったなぁ」

「モモ……」

菜那は、テーブルの上のウサ吉とじっと見つめ合う。

そして、ウサ吉は菜那と初めて出会った時のことや、彼女の屋敷での思い出話を始めた。

幼い菜那がよく自分の絵を描いてくれたこと、毎日学校であった出来事を話して聞かせてくれたこと。

それは恐らく、菜那しか知り得ない事実だったのだろう。

初めは半信半疑だった菜那も、いつしか真剣に希翔の通訳に耳を傾けている。

「わいに会いに来てくれたんは嬉しかったで。けど、わいの持ち主はエミリー一族なんや。エミリーはもう死んでもうたけど、わいはこの屋敷で暮らしたいんや。せやから菜那も堪えてくれへんか」

希翔がひと通り伝え終えると、座はしん、と静まり返る。

これで菜那がインチキだと怒り出すなら、もう打つ手はない。

「ふ、ふざけんなや？　そんな見え透いた嘘で丸め込もうったって、そうは……」

「もぉやめて、昌人」

再び食ってかかろうとする昌人を、菜那が制止する。

「わかりました。モモ……私のせいで盗まれて、つらい思いをさせてしもてごめんね。でも、今しあわせでよかった。もう一緒におられへんかっても、モモがしあわせなら、それでええんよ」

「菜那さん……」

「私、信じます。今モモが話した内容は、私しか知らへんことばかりでした。もしかして希翔さんは、モモの声が聞こえる人やからここにいたんですね？」

「……はい、そうです」

「ええなぁ、私もモモとお話ししたかったわぁ。でも、たとえ話せなくても、モモと過ごした十数年は、私の宝物なんです。あの、またモモに会いに来てもいいですか？」

　菜那の問いに、理章は頷く。

「ああ、いつでもまた遊びに来るといい」

「ありがとうございます」

「な、なに納得してるんや、菜那！　こんなペテンに騙されるなんて、絶対嘘やって……！　おまえのことは探偵かなにか使って調べたのかもしれへんやないか」

「私が納得したんやから、もうええの。モモが望むんなら、その通りにしてあげたいんや。帰るで、昌人」

　ピシリと言われ、それ以上昌人もなにも言えなくなる。

　最後にもう一度だけと、菜那はそっとウサ吉を抱きしめる。

　そして、まだ不服げな昌人を連れて帰っていった。

　今日は東京駅近くのホテルに泊まり、明日大阪へ新幹線で戻るようだ。

「ナナさんが納得してくれて、よかったですね」

どうなることかとなりゆきを見守っていたエリックが、ようやくほっとした様子で言う。

そこで理章と希翔は、顔を見合わせた。

「あの、エリックさん。ウサ吉が喋れること、今まで黙っていてすみませんでした」

希翔がぺこりと頭を下げると、エリックは笑って首を横に振る。

「いいんです。信じてもらえないと思って隠すのが普通ですよ。でも、驚きましたがあり得ない話ではないと思いました。昔から、長年愛されたぬいぐるみや人形には魂が宿るといいますから。エミリーとそのママとグランマ、三代に渡って愛されたウサ吉は、彼女達の愛情で命を与えられたのかもしれないですね」

「エリックさん……」

すると、もう隠さなくてよくなったウサ吉は、希翔に通訳を要求してくる。

「あの……『わいのこと、喋るぬいぐるみとしてモルモットにする気か？』って聞いてます」

「はは、そんなことはしませんよ。本社に報告もしません。したところで、信じてもらえないでしょうしね。大丈夫、秘密は守ります」

「『そんなら、握手したるわ』って言ってます。相変わらず、偉そうだな、おい」

「光栄です。では、私も敬意を込めてこれからウサ吉と呼ばせていただきます」

エリックは右手を差し出し、日中で動けないウサ吉の手を指先で摑んで握手を交わす。

和やかな光景に、希翔はほっとした。

「だが、安心はできん。あの昌人という青年は、まだあきらめた様子はなかったからな」

と、理章。

「確かに……彼は妙にウサ吉に執着していましたね」

エリックも、同じ不安を抱いていたようだ。


その晩、深夜。

なんだか喉が渇いて、希翔は目が覚めてしまう。

時計を見ると、夜中の二時過ぎだ。

しばらくベッドの中で寝返りを打っていたが、眠気が覚めてしまったので、やむなく寝間着にしているTシャツにハーフパンツ姿で部屋を出て、階下へ向かう。

キッチンに行って水を飲もうとした、その時。

「希翔……!」

サンルームにいるウサ吉の叫び声が聞こえ、希翔は思わず走り出した。

「ウサ吉?　どうした!?」

サンルームに向かって走り、電気を点けると、そこには黒いTシャツに黒のニット帽、それにマスクで顔を隠した男が立っていた。

見ると、サンルームのガラス扉が開いている。

そういえば、日中来訪した昌人が、ここでなにやら不自然な動きをしていたことを思い出す。

そして彼は後の侵入のために、ここの鍵をこっそり開けておいたのだと察した。

いつも通り閉まっていると思い込み、施錠の確認をせず寝てしまったことを、希翔は激しく後悔する。

希翔に電気を点けられた昌人は、手にしていた懐中電灯を放り出し、テーブルの上のウサ吉を摑もうと手を伸ばす。

が、一瞬早く希翔が先にウサ吉を抱え、飛びすさった。

「くそ……！」

「きみ、昌人くんだろう⁉　どうしてこんなこと……菜那さんは知っているのか？」

そう問い質すと、マスクを外した昌人はふんと鼻を鳴らした。

「あんたアホか？　菜那がなに言っても聞かへんから、こっそりホテル抜け出して、こうして盗みに入ってるんやないか」

その返事に、いやな予感がした。

「もしかして……菜那さんの家に入った空き巣も、きみの仕業なのか……？」

すると図星だったのか、昌人の表情が奇妙に歪んだ。

「はっ！　金目の物があるんとちゃうかと期待して近づいたのに、菜那の家は現金や宝石類は銀行の貸金庫に預けとって、家には大したもんは置いてへんかった。菜那が調べて、あのぬいぐるみがヴィンテージ物のお宝で、オークションにかければ数百万になるって言ったから、売れって勧めたんやけど、あいつ頑として聞かんのや。だから、盗んでやったんや。けど、古物商に持っていったら二束三文のただのぬいぐるみだって買い叩かれてな」

昌人の話から推察するに、どうやら彼が持ち込んだ古物商はぬいぐるみ鑑定には詳しくなかったらしく、希翔がウサ吉を買った店の店主と同様、その値打ちを知らなかったようだ。

「骨折り損のくたびれ儲けやと思っとったら、あのイギリス人がレア物だってSNSに画像あげてたんや。笑えるやろ？　おかげでまた、盗み出す手間がかかってるって訳や。わかったら、それをこっちに寄越せ」

「駄目だ、ウサ吉は渡せない」

希翔がきっぱり拒絶すると、昌人は舌打ちし、懐からバタフライナイフを取り出した。

ギラリと光る刃に、希翔はごくりと唾を呑む。

「バカな真似はやめるんだ。今ならまだ、引き返せる……！」

「金がいるんや……！　借金返さへんと、こっちがヤバいんや。いいから、渡せや！」

焦っているのか、昌人は闇雲にナイフを振り回してくる。

「希翔！　わいのことはええから、はよ渡せ」

「そんなこと、できるかよ！　おまえはやっとエミリーさんの屋敷に戻れたんだ。もうどこへも行かせない……！」

「希翔……」

ウサ吉を抱え、なんとか右に左にと攻撃を避けたが、じりじりと壁際に追い詰められてしまう。

もう駄目か、と思ったその時。

「希翔くん……！」

物音を聞きつけたのか、二階から下りてきたらしい理章が、昌人と希翔の間に割って入ってきた。

仕事をしていてまだ起きていたのか、私服姿だ。

「理章さん……！」

「怪我は？」

「だ、大丈夫」

希翔の無事を確認してから、理章は昌人に向き直る。

「バカな真似はやめておけ。今、通報したからすぐに警察が来るぞ」

そう言って、手にしていたスマホを見せる。

すると、昌人はちっと舌打ちした。

そして、もはや破れかぶれなのか、「そいつを渡せばすぐ出ていったるって言うとるやろが……！」と叫び、ナイフを振りかざす。

「危ない……！」

避ける間もなく、理章が咄嗟に希翔を庇い、自分の背中を盾にする。

「理章さん！」

このままでは、理章が刺されてしまう、と希翔が思わず息を呑んだ、その時。

腕の中からウサ吉の気配がふっと消えた。

「な、なんや……⁉」

すると、昌人の愕然とした声音が聞こえてきたので、恐る恐るそちらを見ると……。

昌人のバタフライナイフは、理章の背中ではなく、深々とウサ吉の腹部に刺さっていた。

「嘘やろ……ぬいぐるみが勝手に飛び出してきて……くそっ、これやと値打ち物が台無しやないか！」

傷物になってしまったウサ吉に、もう価値がないと思ったのか、昌人は彼を乱暴に床に放り捨て、喚きながら外へ逃げていってしまった。

「ウサ吉……！」

ようやく我に返ると、希翔はバタフライナイフが腹に突き刺さったままのウサ吉を抱き上げる。

「なぜだ？　どうして私を庇ったりした……？」

普段ケンカばかりしていたのに、理解できないといった様子で、理章が呟く。

すると、ウサ吉は虚勢を張り、いつものようにキシシ、と力なく笑ってみせた。

「アホ、おまえのためやない。おまえが死んでもうたら、希翔が悲しむからや」

「ウサ吉……」

「おまえら、ええ年してホンマしゃあないなぁ。好きやったら好きと口に出さへんと、相手にはちゃんと伝わらんでぇ」

ウサ吉の言葉に、理章と希翔は思わず顔を見合わせる。

「ああ……なんや、目が霞んできよったわ。もうなんも見えへん……」

「しっかりしろ！　ぬいぐるみは死んだりしないだろ？　さんざん俺に苦労させて、おまえ、やっとエミリーさんの屋敷に戻れたんだぞ!?　死んだりしたら承知しないからな!?」

いやだ、ウサ吉が死んでしまうなんて。

いつしか希翔は、涙をぼろぼろ零しながらウサ吉を揺さぶっていた。

「わいはもう、駄目そうや……遺言やと思て、二人仲良うしてな。希翔、理章はホンマにおまえのこと、好っきなんやで……」

「ウサ吉……!!」

最後にそう告げると、それきりウサ吉は静かになった。

動いたりも喋ったりもしない、ただのぬいぐるみのように。

希翔の瞳から、どっと涙が溢れ出す。

「理章さん、どうしよう……ウサ吉が……ウサ吉が……っ！」

泣きながら訴えてくる希翔を、理章は為す術もなくただ抱きしめる。

すると。

「どうしたんですか？　いったいなんの騒ぎです？」

騒ぎで目を覚ましたのか、パジャマ姿のエリックが二階から下りてきた。

と、そこへようやくパトカーのサイレンが近づいてきたのだった。


やがて到着した警官に、理章が強盗未遂の被害を説明する。

証拠として昌人が残していったバタフライナイフは提出したが、ウサ吉のことは話さなかった。

本当のことを言えば、ウサ吉は証拠品として持っていかれてしまうからだ。

なんだかんだで時間がかかり、警官が現場検証を終えて帰っていった時には、もう白々と夜が明けていた。

その間、希翔は物言わぬぬいぐるみになってしまったウサ吉のそばを片時も離れなかった。

そんな希翔を見かねたが、理章にはかける言葉が見つからない。

「ウサ吉、百年以上生きてきたのに、こんなことで死んじゃうなんて……ないよね？　ほら、早く起きろよ。寝たふりなんかしたって、騙されないいんだからな？　早く……いつもみたいに悪態ついて、下ネタ披露しろよ……っ」

反応のないウサ吉に、何度も何度もあきらめずに声をかけ続ける希翔の姿は、痛々しくて見ていられなかった。

「希翔くん、少し休んだ方がいい」

見かねて理章が止めに入るが、希翔は駄々っ子のように首を横に振る。

「俺……ウサ吉になんにもしてやれなかった……っ」

「そんなことはない。きみは本当に彼によくしてやっていたと思う。ウサ吉も、きっと感謝してるよ」

理章の優しい言葉に、また涙が溢れてきた。

ぽつり、と希翔の涙がウサ吉の顔に一滴落ちる。

すると、そこへ私服に着替え、大ぶりなブリーフケースを提げたエリックが戻ってきた。

「あきらめるのは、まだ早いです。これからウサ吉の手術を行いましょう」

「え……?」

驚く希翔と理章を尻目に、エリックはにっこりした。

まず初めにエリックが行ったのは、バスルームでの作業だった。

大きめの盥《たらい》にぬるま湯を張り、専用の洗剤や天然石鹸《せっけん》を使い、繊維の細かいブラシで丁寧にウサ吉の汚れを落としていく。

丸洗いし、綺麗になったら、布地が縮まないように丸二日ほどかけて自然乾燥だ。

その作業を経て、ようやく『手術』に取りかかる。

「本当に……ウサ吉、元に戻るの？」

ウサ吉が乾くのを待って、その日満を持して作業に入るエリックを、理章と希翔は固唾を呑んで見守る。

「確証はありませんが、なにもしないよりいいでしょう？」

「うん……お願いしますっ」

藁《わら》にも縋る思いで、希翔はぺこりと頭を下げる。

「私からも、頼む」

理章も一礼し、エリックは微笑みながらてきぱきとブリーフケースの中身をダイニングテーブルの上に取り出し、並べていく。

それは大型ハサミやソーイングセット、それに希翔達が見たこともないような器具だった。

「任せてください。ウサ吉に会えるとわかった時から、メンテナンスをするつもりで本国から道具を持参してきていたのです。僕のかけた魔法で、ウサ吉は生まれ変わりますよ？」

と、エリックは片目を瞑ってみせる。

まずほつれかけ、上着で誤魔化していたウサ吉の背中の縫い目から慎重に解き始めたエリックの手許を、希翔と理章は食い入るように見つめる。

背中を開けると、そこから詰まっていた中綿を丁寧にすべて取り出す。

そして外側だけになったウサ吉の腹の刺し傷を、みごとな手際で縫合した。

経年劣化で薄くなった部分は、色や質感が似ている生地を使い、補強していく。

抜けてしまった毛は、同じ色の毛糸を使って植毛し、何種類かの毛糸を交ぜて年期の入った色合いをみごとに再現してみせた。

「すごい……」

その技術力の高さに、希翔は思わずそう呟いてしまう。

それから、折れてしまった耳のワイヤーも取り出し、新しいものと交換すると、ウサ吉の両耳はみごとにピンと立ち上がった。

丁寧な手仕事だったので時間がかかり、いつしか夜になる。

すべての修復作業を終え、最後に新しい中綿をたっぷりと詰め直し、背中の縫い目を縫合する。

「これで完成です」

最後に縫い針を針山に戻したエリックが、満足げに告げる。

テーブルの上に立つウサ吉は、折れていた右耳も治り、長年の汚れも綺麗になって本当に生まれ変わったようだった。

薄くなりかけていた鼻先も毛糸で修復され、顔立ちも愛らしくなっている。

腹部の傷も、多少は残ってしまったが、丁寧に縫合されているので注意して見なければわからないほどだ。

「すごい……」

「本当に新品みたいだ……」

希翔と理章は、その鮮やかな手腕にただただ舌を巻く。

「ぬいぐるみはメンテナンスをしてあげると、まさに生まれ変わるのですよ」

こうして、外見上はすっかり元通り、というより新品同様にピカピカになったウサ吉に、希翔は恐る恐る話しかけてみる。

「ウサ吉、目を覚ませよ」

しばらく声をかけ続けてみるが、やはり反応はない。

やはり駄目か……とあきらめかけた、その時。

それまで微動だにしなかったウサ吉が、う～んと伸びをし、ふわぁ～っと大あくびをした。

「ウサ吉⁉」

「なんや、ここは。天国かいな？　せっかくエミリーに会えると思とったら、なんでか希翔の顔が見えるでぇ」

まだ寝ぼけているのか、ウサ吉は大きな瞳をぱちくりと瞬かせている。

「天国じゃないよ。ウサ吉がそう簡単に死ぬわけないだろ」

希翔が、エリックのおかげでフルメンテナンスを受け、蘇ったことを説明すると、ウサ吉はなぜか一同にくるりと背を向けた。

「どうしたの？」

「なんや、格好悪いやないか。せっかくキメて遺言残したのに」

「ぜんぜん格好悪くなんかないよ。すごく格好良かったよ」

しみじみ言って、希翔は後ろからそっとウサ吉を抱きしめる。

「ほんとにありがとう、ウサ吉」

「よせやい、照れるやないか」

「でももう、無茶はするなよ？」

キスの効果が切れている理章とエリックには、希翔達のやりとりはわかっていないようだが、大体想像がついたのだろう、彼らもほっとした様子で見守っていた。

こうして、ウサ吉は無事生還することができたのだった。

その晩シャワーを浴び、寝間着代わりのTシャツにハーフパンツ姿でベッドに入り、スマホを弄っていると、小さく部屋のドアがノックされた。

「はい、どうぞ」

起き上がってそう答えると、ドアが開き、ためらいがちに部屋に入ってきたのは、まだ私服姿の理章だった。

「すまない、起こしたか?」

「いいえ、起きてたので大丈夫です」

急いでベッドを出ようとするが、理章がそのままで、と言うのでベッドの端に腰掛ける。

椅子が遠かったので、よかったらどうぞと勧めると、理章も少し距離を置いて隣に腰を下ろした。

「ずっと、きみときちんと話さなければと思っていた。だが、エリックもいるし、なかなかきっかけが摑めなくてな……」

「……はい」

やや緊張しつつ、希翔は彼の次の言葉を待つ。

信じられないが、ウサ吉は理章が自分のことを好きだと言っていた。

それが本当なのかどうか、確かめたかったのだ。

すると理章は少し逡巡し、やがて思い切った様子で口を開く。

「前に、きみともうキスしないと言ったのは、ウサ吉の声を聞くためにきみを利用するのはよくないと思ったからだ。確かにウサ吉の声が聞こえるのは便利だが、そのためにきみにキスをするのは違うと……そのためだけじゃなく、私がきみにそうしたかったから、まず状況を整理したかった」

「理章さん……」

知らなかった、彼がそんな風に思っていたなんて。

驚く希翔を見つめ、理章は続ける。

「きみに出会った時から、私は少しおかしくて、自分でも感情が制御できず無様なところばかり見せてしまっている。そして……ずっときみのことばかり考えてしまっている。これは俗に言う、恋をしている状態だと判断したのだが、どう思う?」

「ど、どうって聞かれても……」

「ああ、すまない。私自身にもわからないのに、きみに聞いてもしかたないな。今まで男の子に恋をした経験がなかったから、ずいぶん悩んだし、気のせいだと自分に言い聞かせたりもした。けれど……悔しいが、ウサ吉に背中を押されたんだ。あいつはなんのかんの言って、私達を身を挺して守ってくれた」

ようやく覚悟が決まったのか、理章はまっすぐ希翔の瞳を見据え、言った。

「きみが、好きだ。私としては、結婚を前提に交際を申し込みたい」

「ええっ⁉　け、結婚、ですか？」

思いも寄らぬプロポーズに、希翔は言葉を失う。

「もちろん、現在の日本では入籍はできないから、事実婚か養子縁組という形になるだろうが、きみがいやなら断ってくれてかまわない。ただ、私はそうしたいと伝えたかった。たとえ玉砕するとわかっていても」

「理章さん……」

理章は、これ以上はないくらい真摯に想いを告げてくれている。

なら、自分も正直になろうと希翔も腹を決めた。

「いやじゃ……ないです。ただ、ちょっとびっくりしただけで」

それでも、恥ずかしくて顔を上げられず、つい俯いてしまう。

「俺……理章さんに、もうキスしないって言われた時、すごくモヤモヤして。たぶん理章さんのこと、好きだから拒絶されて、悲しかったしがっかりしたんだと思う」

考えながら、希翔は自分の気持ちをそう分析する。

「俺も、今まで恋愛とかする余裕なくて、それが誰かを好きになるってことなんだってよくわからなかったみたいです。素直になれなくて、つんけんしたりして、ごめんなさい」

「希翔くん、それは……？」

確認するまではまだ信じられない、といった様子で瞠目《どうもく》する理章に、こくりと頷いてみせる。

「俺も……理章さんが好きです」

やっと、ちゃんと言えた。

「希翔くん……っ」

感極まったように抱きしめられ、ああ、久しぶりの理章の体温だと目を瞑って、その心地よさを味わう。

「これは、雇用主からのセクハラ、パワハラにはあたらないか？」

希翔の髪に頬を埋め、理章が囁く。

「双方の合意があるから……ならないです」

じっと見つめ合い、どちらからともなく唇が接近するが、寸前で理章が呻く。

「……とてつもなく嬉しいが、こうなるとまんまとウサ吉の思惑に乗せられている気がして業腹《ごうはら》だ」

「えっ、それじゃずっと、この先我慢するんですか？」

「……それはいやだ」

小声で呟くと、理章がぎりぎりで抑えていた理性の糸はプツリと切れたようだ。

「きみにすごくキスしたい。から、していいか？」

「……はい」

理章の言葉が嬉しくて、希翔に否やはあるはずがなかった。

「ん……っ」

久しぶりのキスは、勢いが激し過ぎて。

二人はそのまま、転がるようにベッドの上に雪崩込む。

「は……んっ」

何度も何度も角度を変え、このところのすれ違いを取り戻すかのように、二人ともキスがやめられなかった。

さんざん希翔の唇を貪り尽くし、ようやく飢餓状態から脱すると、理章は組み敷いた希翔の髪を愛おしげに梳く。

「ずっと……きみをこうしたかった」

「……俺も」

希翔も同じ気持ちだったので、勇気を出して告げる。

こんなに誰かを欲しいと思ったのは、生まれて初めてだったから。

名残惜しげに、頰や首筋にキスを繰り返しながら、理章の手が希翔のTシャツの裾から入ってくる。

「ん……っ」

感じやすい脇腹にそっと触れられ、希翔はびくりと反応した。

瞬く間に衣服を脱がされ、一糸まとわぬ姿にされてしまう。

恥ずかしさに身を縮めていると、自分を組み敷いた理章がじっとこちらを見つめながらシャツのボタンを外していた。

間が持てないので、希翔もおずおずと手を伸ばし、彼のベルトを外してやる。

「……駄目だ、きみにそんなことをされると、暴発しそうになる」

「……そうなの？」

よくわからないので小首を傾げているうちに、こちらも性急に服を脱ぎ散らかした理章にシーツの上へ押し倒される。

互いを阻む布地がなくなり、全身の肌という肌が触れ合う。

人肌を初めて体感する、えもいわれぬ心地よさだ。

うっとりしているうちに、理章の手と唇は、希翔の全身を慈しむように触れてくる。

それはまるで、高価な美術品を愛でるような、ひどく愛情に満ちた所作だった。

——理章さんに触られると、気持ちいい……。

本当は、なにもかもが初めてのことなので少し怖かったが、相手が理章なら大丈夫だと思えた。

二人は飽きることなく四肢を絡ませ、キスを繰り返し、ベッドの中でじゃれ合う。

「きみは本当に、どこもかしこも可愛いな……」

「そんな……っ、恥ずかしいよ……っ」

可愛いなんて言われ慣れていないので、それだけでかっと頬が上気する。

はぁはぁと薄い胸を喘がせていると、その薄紅色の突起に理章が愛おしげに唇を寄せてきた。

「ぁ……」

丹念にそれを舌先で転がされ、軽く甘噛みされると、今まで知らなかった感覚が全身を駆け抜ける。

「それ……駄目っ」

「いやなのか？　堅くなってきたぞ」

交互に吸われてしまえば、びくびくと腰が撥ねてしまう。

もうすっかり勃ち上がってしまっている屹立を優しく手で愛撫され、希翔は否応なく追い上げられていく。

「理章さん……理章さ……っ」

もう、どうしていいかわからなくて。

ただ、恋しい人の名を呼び続けるしかなかった。

希翔を翻弄させ、歓喜させた理章の指は、やがて今まで誰にも触れられたことのない密やかな蕾へと辿り着く。

「ん……っ」

たっぷりと唾液を絡め、希翔に苦痛を与えないようゆっくりと理章の指が入ってきて。

希翔は思わず身を強張らせた。

「力を抜いて……傷つけたくない」

「うん……っ」

深呼吸し、なんとか力を抜こうと努力する。

未経験の希翔の負担を慮り、理章は丁寧過ぎるほど慎重に時間をかけて慣らしていった。

「も……いいから……っ」

このままではどうにかなってしまいそうで、思わず先を促してしまう。

「早く、来て……っ」

「希翔……っ」

下半身を直撃する必死な誘い文句に、理性を吹き飛ばした理章が身体を重ね、ゆっくりと入ってくる。

「ん……ぁ……っ」

声にならない悲鳴をあげかけ、希翔は歯を食いしばって堪えた。

理章がやめてしまったら、いやだと思ったから。

「大丈夫か……?」

「うん……平気」

息を弾ませながら、恋しい男の首に両手を回してしがみつく。

顔を見られていると、恥ずかしかったから。

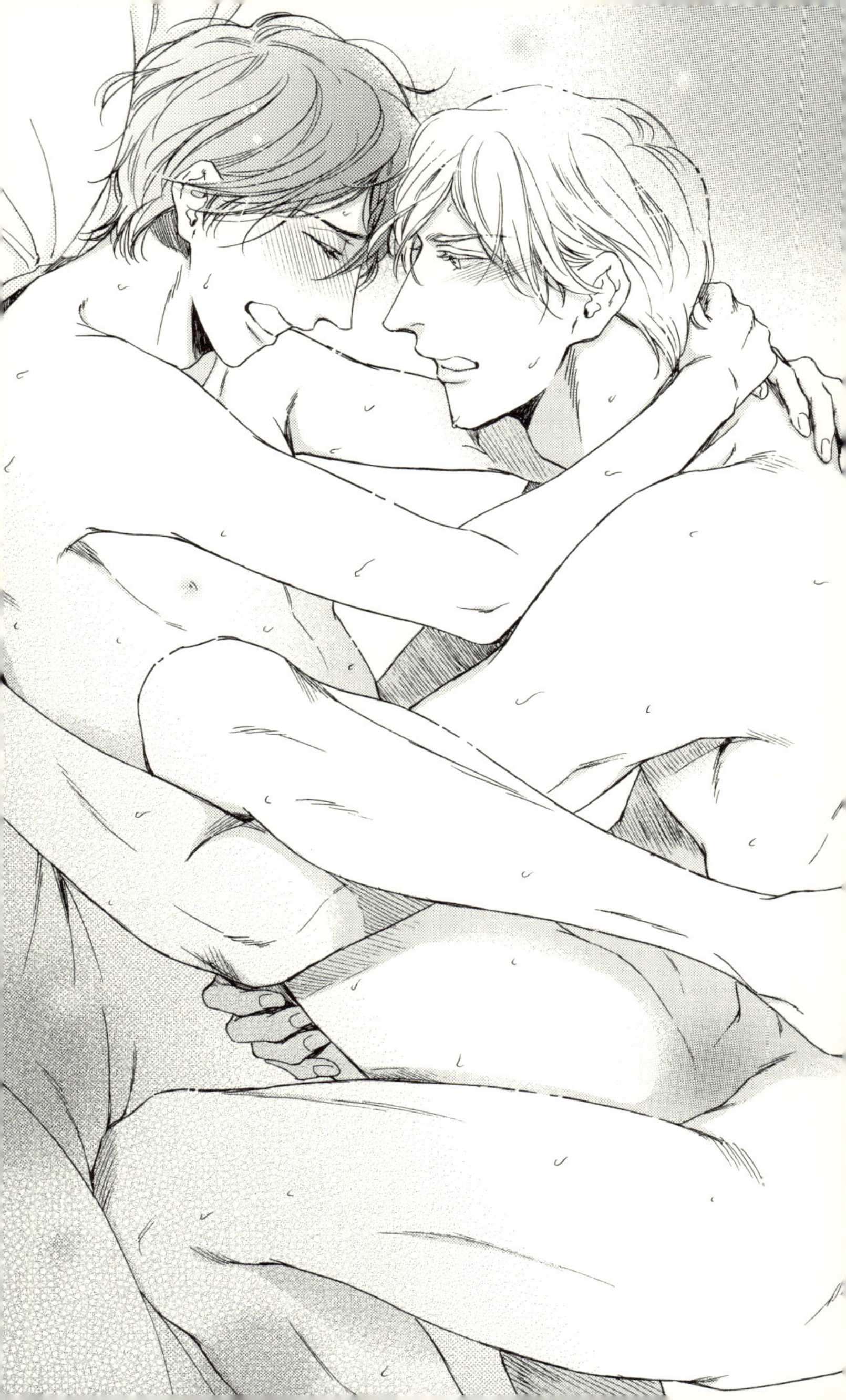

「好き……っ、理章さん、好き……！」

「希翔……っ」

貪り合い、溶け合い。

愛し合って、互いに余裕がなくて。

そこから先は、もう訳がわからなくなるほど無我夢中だった。

やがて、ゴールは唐突に訪れ。

「もう駄目……っ」

「いいぞ、何度でもイッていいんだ」

生まれて初めて味わう快感に翻弄され、希翔は無我夢中で恋しい男に縋りつき、四肢を震わせながら絶頂に達したのだった。


激情のひと時が去ると、急に気恥ずかしさが襲ってきて、希翔は自分の肩を抱く理章をこっそり見上げる。

すると、「ん？」と言うように、理章も優しく希翔を見つめ返した。

「理章さんの瞳、すごく綺麗……」

今までこんな至近距離で見たことがなかったので気がつかなかったが、理章の瞳は少しグレーがかった美しいグリーンだった。

「そうか？　子どもの頃は髪も金色に近かったが、成長すると明るい茶色になった。目の色もそうだな。赤ん坊の頃は、母親と同じ鮮やかなグリーンアイだったらしい」

「そうなんだ、見たかったなぁ。って、俺まだ生まれてないけど。ウサ吉は理章さんの赤ちゃんの頃も見てるんだよね。うらやましいな」

幼い頃の理章は、きっと天使のように愛らしかっただろう。

想像して、ふふ、と希翔が笑うと、理章はそんな彼が愛おしくてたまらないというように、その額へそっと口付けた。

まだ身体の芯に熱が残っていて、それだけで簡単に熾火が掻き立てられてしまう。

「なんだか胸が一杯で苦しくて……どうしよう？」

「きっと、こうしたらよくなる」

と、理章は、震える希翔をそっと抱きしめる。

素肌が触れ合い、重なった互いの鼓動が力強く伝わってきて。

そのリズムを感じていると、なんだか落ち着いてきた。

「……ほんとだ。理章さん、すごい」

「私も同じ気持ちだからな」

今、最高にしあわせだ、と理章はその耳元で囁いた。

「もう、離さないぞ。覚悟してくれ」

「……うん」

理章の言葉はとても嬉しくて。

希翔はこくりと頷いたのだった。


翌朝。

ほとんど眠れなかった二人があくびを嚙み殺しながら階下へ下りていくと。

いつものようにサンルームの定位置にいたウサ吉が出迎える。

すると。

「理章の、ウンコたれ」

「なんだと⁉」

朝一番の唐突な悪態に、理章が眉を吊り上げると、ウサ吉はなぜか意味ありげににやついた。

「おやおや？　なんで理章にわいの声が聞こえとるんや？　さてはゆうべ、ずいぶんお楽しみやったみたいやなぁ」

そうすっぱ抜かれ、理章はぎりりと歯がみした。

「……くそっ、ハメられたか」

「……理章さん、墓穴掘りましたね」

「まぁ、めでたいことやから、赤飯炊こか～」

「……おまえ、よほど納戸に入りたいんだな、そうかそうか」

照れ隠しに、理章がウサ吉に凄んでみせた、その時。

重そうな旅行カートを提げ、エリックが階段を下りてきた。

「おはようございます、皆さん」

「エリックさん、その荷物は……？」

今日発つなんてまったく聞いていなかったので、希翔は慌ててしまう。

すると、エリックはにっこり笑った。

「急ですが、ちょうどネットで格安のチケットが取れまして。ウサ吉のメンテナンスも無事終わったので、そろそろ国に帰ることにします。どうか、ミチアキとおしあわせに」

「エリックさん……」

「キショウの返事は、聞かなくてもわかっています。お二人を見ていれば、相思相愛なのは誰の目にも明らかですから。とても残念ですが、僕の割り込む余地はなさそうです」

そこでエリックは理章に向き直り、言った。

「ですが、うまくいかなくなったら、いつでも連絡をください。ミチアキ、キショウを大事にしないと、いつでも僕がさらいに来ますからね」

「……肝に銘じておこう。しかし、無用な心配だ」

と、理章も力強く請け負う。

それを聞いて安心しました、とエリックはまた微笑んだ。

だが、今度は少し寂しげな笑顔だった。

「おうよ、わいはエリックの方がええと思っとるからなぁ。面白そうやから、またいつでも希翔を奪いに来いや」

「……ウサ吉、おまえはどうしても納戸に入りたいんだな」

「あ、それだけはカンベンしてや」

ウサ吉と理章のやりとりを、希翔がエリックに通訳すると、別れのしんみりとした空気が爆笑に包まれる。

「本社からは、可能であればウサ吉を買い取って戻るよう命令を受けていたのですが、無理だったと報告します。ウサ吉は、お二人の許で暮らすのが一番しあわせだと思いますので」

「エリックさん……」

「いろいろお世話になりました、楽しかったです。素敵な思い出が増えました」

「こちらこそ、本当にいろいろありがとう」

予約したタクシーが到着し、それに乗り込み、空港へ向かうエリックを、ウサ吉を抱いた希翔と理章は車が見えなくなるまで見送った。

「行っちゃったね……」

「ああ」

エリックが、たまたまこの屋敷を訪れていなかったら、ウサ吉はあのまま本当に命を落としていたかもしれない。

そう考えると、ぞっとする。

ウサ吉にそれを告げると、彼は「わいはもっとるからのぅ。強運もわいのチャームポイントや」と嘯いた。

とりあえず、まずは朝食を摂ろうということになり、三人で食卓を囲むことにする。

理章が、今日は溜まっていた有給を消化するため、家にいると言う。

正直、希翔も今日はずっと一緒にいたかったので、嬉しかった。

「理章さん、コーヒーお代わりは?」

「あ、ああ、もらおう」

初めての朝を迎え、二人はなんとなく照れくさくてぎこちない。

すると、二人の間のテーブルの上にいたウサ吉が、キシシと笑う。

「おやおや、わいはお邪魔かのぅ? できたてほやほやカップルのそばにいるんは、ホンマ目の毒やのぅ」

「ウ、ウサ吉⁉」

「わいのことは気にせんと、ベッドでもう一戦繰り広げてきてもええんやで？　しかし、心配やなぁ。理章、入れるとこ間違ってへんか？　わいが監督したろか？」

「……この、セクハラウサギがっ！　もう絶対納戸閉じ込めの刑だ……！」

「なんや、わいは親心で助言してやっとるだけやないか〜」

二人と一羽がいつものようにモメていると、玄関のインターホンが鳴る。

「……誰だろう？」

「……こんな時間に押しかけてくるのは、一人しか心当たりがないな」

と、理章がため息をつく。

彼の読み通り、来訪者は父の憲之だった。

「憲之さん、つい今までエミリーさんの従弟の、エリックさんが滞在してらしたんですよ」

希翔が、真っ先にそれを報告する。

「エミリーの従弟……？」

これまでの経緯をかいつまんで説明すると、憲之は沈黙した。

「そういえばエミリーから、年の離れた従弟がいると聞いたことがある」

「とても素敵な方でしたよ」

希翔は、観光中スマホで一緒に撮った写真を憲之に見せる。

もう少し早ければ、憲之とエリックを会わせることができたのに、と残念だった。

「そんな話はいい。今日はおまえ達が別れるまで帰らんから、そのつもりでいるように」

そう宣言され、希翔と理章は思わず顔を見合わせる。

「でしたら、父さんはもう一生ここから帰れないですね」

「なんだと……?」

「私は希翔と、一生を共にしたいと思っています。だからですよ」

「理章さん……」

まさか、父親相手にそこまで断言するとは思っていなかったので、希翔は戸惑う。

すると、そこでテーブルの上のウサ吉が口を挟んできた。

「まぁまぁ、そう角突き合わせんと、せっかくメンツが揃ったんやから、この際とことん腹割って話してみたらええやんけ。わいがセコンド役したるで～」

そう言い、ウサ吉は今度は憲之に語りかける。

「憲之、おまえ、わいの声聞こえとるんやろ? ええ加減に認めろや。エミリーが死んで、もう十五年も経つのに、いまだわいの声が聞こえとるんは、おまえにとってエミリーが運命の相手やったからや。そして今でも、エミリーのことを深ぁく愛しとる証拠なんやで?」

ウサ吉の言葉は、今日こそは理章達を別れさせせようと意気込んできた憲之の出鼻を挫くのには充分だったようだ。

「……忌々しいぬいぐるみめ！　おまえは昔からそうだ。普段はろくでもないことばかり言うくせに、たまに核心を衝くのだから」

「父さん……」

「笑ってくれ。エミリーが亡くなって久しいのに、まだこのぬいぐるみの声が聞こえるのかと、ぞっとした。だが……それが、私がエミリーの運命の相手だった証拠だと言われてしまえば、嬉しいとしか感じない自分がなにより腹立たしい」

憲之の気持ちは、大切な相手を得た希翔と理章にはよく理解できた。

こんなに愛している人に先立たれてしまったら、寂しさとつらさ、そして虚無感に押し潰されて立ち直れないかもしれない。

それは、これ以上にない恐怖だった。

その、想像するだけで恐ろしい困難を、憲之は乗り越えてきたのだと思うと、切なさで胸が詰まった。

「父さん、聞いてください。私は今まで、自分の都合で見合いから逃げ回っていました。でも、今は違います。本当に、心から愛した人ができたから、希翔と一生を共に歩んでいきたいから、もうほかの人は考えられない。勘当されようがどうしようが、私の意志は変わりません」

「理章さん……」

揺るぎない、理章の宣言に、憲之はあきらめたように苦笑した。

そして、希翔に向き直る。

「きみは、理章のことをどう思っている？　同じ気持ちなのか？」

憲之と理章の視線が集中し、希翔もまた迷いなく頷く。

「はい。俺が理章さんに釣り合わないのはわかってるし、憲之さんには申し訳ないと思いますが、俺も……理章さんと一緒にいたいです。こんな気持ちになったのは、初めてなんです」

正直、理章が女性と結婚し、温かな家庭を作ることを自分が妨げているのではないか、という後ろめたさは相当なものだ。

だが、憲之には本心を打ち明けたいと思った。

二人の意志を確認し、憲之が深々とため息をつく。

「おまえは、昔から言い出したら聞かないからな。勝手にしなさい。私はもう知らん」

「父さん……」

「この屋敷は、既におまえの名義になっているから、誰と住もうとおまえの自由だからな。そうしたら、屋敷を売るのはやめるんだな？」

「はい。不動産会社には、もう連絡しました」

と、理章はいつのまにかそんな手続きまで済ませていたようで、希翔も驚いてしまう。

「ま、話はうまいことまとまったみたいやな。希翔、紅茶淹れてくれへんか。憲之とはサシで、ゆっくり話さんといかんからのぅ」

ウサ吉が言うと、憲之も「望むところだ」と受けて立つ。

「わかった、すぐ用意するね」

まさか、あっさり憲之のお許しが出るとは思っていなかった希翔は、慌ててキッチンでお湯を沸かす。

そして憲之はウサ吉を抱え、サンルームへ座った。

エミリーが生涯愛した、美しいイングリッシュガーデンがよく見える場所へ。

希翔は心を込めて彼らに紅茶を淹れたが、距離を置いたので話の内容は聞き取れなかった。

ただ、ウサ吉と語る憲之の横顔は、初めて見るほど穏やかで。

きっとウサ吉と、エミリーの思い出話に花を咲かせているのだろう。

遠くから、じっと二人の背中を見守っていると、そんな希翔の肩を理章が抱き寄せる。

「理章さん……」

「父さんのお許しも出たことだし、早急にきみのアパートを引き払う手続きをしないとな」

「え……?」

どういう意味かと驚いて彼を見上げると、理章も不思議そうに希翔を見つめた。

「なんだ？　私とここで暮らしてくれるんじゃないのか？　まさか、ウサ吉と二人にする気じゃないだろうな？　あのお喋りを一人で聞かせられたら、私は帰宅恐怖症になるぞ」

真顔で言われ、希翔はつい笑ってしまう。

「そうじゃないけど……まだちゃんと、これからのこと話してなかったから」

ちょっとびっくりしただけ、と小声で続ける。

「憲之さんにはあんなこと言っちゃったし、あれは俺の本心なのは確かなんだけど……本当に、俺でいいの？　後悔しない？」

恐る恐るそう確認すると、理章は朗らかに笑った。

「今さらそれか？　私はもう、きみをここに引っ越させて、住民票を移して、いずれきみのご実家のご家族に挨拶して、とこれからのことばかり考えてるのに」

「理章さん……」

「きみは私に、初めての気持ちをくれた。これがウサ吉のおかげというのだけが業腹だが、しかたがない。奴にはこの先も、うまい紅茶を飲ませてやるとしよう」

愛してる、希翔。

そう耳元で囁かれ、優しいキスが降ってくる。

嬉しくて、でもなんだか胸が詰まってしまって、うまく言葉にならない。

人は嬉しくても、涙が溢れて止まらなくなるのだと、希翔は初めて知った。

「就職活動も、もう不要だ。きみは大学を卒業したら、私と父の会社に来ればいい」

「え、それって決定事項なの？」

「いやなのか？」

ものすごくショックを受けた顔をされ、希翔は泣き笑いになった。

「いやじゃないよ。ただ、カンペキなコネ入社って、ちょっと気が引けるっていうか」

「なら、入社してから、きみの能力を見せつけてやればいい。きみは頭がいいし、他者への配慮がある。その思いやりと優しさは、必ず仕事面でも役立つはずだ」

「理章さん……」

そこまで言われると過大評価なんじゃないかなぁとは思ったが、理章に褒められて素直に嬉しい希翔だ。

あの日、リサイクルショップで偶然ウサ吉と出会うまでは、こんな日が来るなんて想像だにしていなかった。

人生とは、なんて不思議で、そしてエキサイティングなものなのだろう。

楽しげに談笑する憲之とウサ吉を、寄り添った希翔と理章はいつまでも見つめ続けていた。

「あ、憲之さん、そこのビニール袋取ってもらえますか？」

一心不乱に草むしりをしながら、希翔が声をかけると、憲之はちらっとこちらへ視線を投げてきた。

そして、言われた通りにビニール袋を渡してくれる。

「ありがとうございます」

次の休日は理章と一緒にイングリッシュガーデンの雑草取りをすると話すと、それなら手伝おうと憲之が申し出てくれたのだ。

カッターシャツにデニム、それに希翔が用意した長靴と麦わら帽子を被った憲之は、普段の紳士然とした趣からかなり変貌を遂げている。

希翔に背中を向け、作業を続けながら「きみに下の名で呼ばれると、理章に嫉妬されそうだ。呼びにくかったら、お父さんと呼びなさい」とぼそりと告げる。

「ええっ!?　いいんですか？」

父と呼んでいいということは、理章との関係を正式に許してもらえたと受け取っていいのだろうか？

駄目だと言われないうちに、希翔は思い切って「お父さん！」と大きな声で呼んでみた。

「……そんなに大声を出さなくても、聞こえてるよ」

「すみません、お父さん！」

嬉しくて、希翔はまた大きな声で呼んでしまう。

そんな二人のやりとりを眺め、理章とウサ吉は顔を見合わせて微笑んだ。

「希翔は相変わらず、天然可愛いのぅ」

「ああ、私の自慢の伴侶だからな」

と、理章は胸を張る。

「けっ、ノロケはよそでやってんか〜」

そこでふと、理章はパラソル付きテーブルの上のウサ吉を見つめる。

「なぁ、おまえが希翔と出会ったのは、本当に偶然だったのか？」

するとウサ吉は、いつものように意味深にキシシと笑った。

「さぁて、どうやろうなぁ。偶然の出会いは必然やったかもしれんで」

もし、あの日あの時、希翔が古着を探しにリサイクルショップへ寄らなかったら？

もし、タッチの差でほかの人間がウサ吉を買ってしまっていたら？

理章と希翔が出会うことは、恐らく永遠になかっただろう。

「そう考えると、人の縁というのは不思議なものだな」

そして、その稀な出会いは、あれほど結婚に対して懐疑的だった自分を百八十度変えてしまった。

今では、希翔なしでは夜も昼も明けないとさえ思ってしまう。

すると、ウサ吉が言った。

「まぁ、一つ言えるんは、ちぃともまともな恋愛せぇへん息子を心配して、わいを通じてエミリーが運命の伴侶と引き合わせてくれたのかもしれんなぁ」

「……そうかもな」

もしそうなら、亡き母には感謝せねばなるまい。

しゃがんで雑草を抜きながら、希翔は嬉しそうに父に話しかけ、父も照れながらそれに答えている。

あの様子では、父が希翔の人柄と魅力に陥落するのも時間の問題だろう。

そんな二人の姿を見つめ、理章は今度は三人とウサ吉とで母の墓参りに行こうと思った。

「で、いいのか？」

「なにがや？」

「私は希翔と、この屋敷で暮らすことにした。つまり、おまえはこの先ずっと私達と一緒に住むことになるんだが」

「ほぅ、わいの気持ちを確認してくれるんか？　大人になったやないか、理章」

「うるさい、共に暮らすからには私達は家族になるんだから、当然だろう」

家族、という言葉に、ウサ吉は少しびっくりしたように目を丸くする。


『私の可愛いスイートハート、新しい私達の家族が増えたわよ』

懐かしい、あの日。

エミリーの笑顔がまざまざと脳裏によみがえる。

産まれたばかりの赤ん坊の理章を連れ、病院から戻ると、エミリーは真っ先にウサ吉に新しい家族を紹介してくれたのだ。

『理章は、どんな大人になるかしら？　成長が楽しみだわ。アーサー、私がいなくなっても、この子のこと、お願いね』

任せておけ、と胸を張り、請け負った。

甘く優しい、そして温かな思い出。

紆余曲折があり、理章の成長は途中までしか見届けられなかったが、彼は立派な青年になった。

そして成長したエミリーの息子は、また彼女と同じ言葉をくれたのだ。

それはウサ吉にとって、なにより嬉しい奇跡だった。

「まぁ、おまえはともかく、わいは希翔を気に入っとる。今まで通り、うまい紅茶を飲ませてくれるんやったら、一緒に暮らしたってもええで」

「よし、交渉成立だ」

と、理章は右手を差し出す。

そして今は日中で動けないウサ吉の左手を取り、小さく握手を交わしたのだった。


後日、昌人が逮捕されたと菜那から連絡があった。

昌人はギャンブルが原因の多額の借金を抱えていたこと、強盗の下見目的で自分に接近し、交際していたことを知り、世間知らずでお嬢様な菜那はかなりショックだったようだ。

『彼とはきっぱり別れました。ご迷惑をおかけしてもうて、本当に申し訳ありませんでした』と、気丈にも電話口でそう語っていた。

「また、いつでもウサ吉に会いにおいでよ」

と、希翔も返す。

そして、菜那がいつかこのつらい経験を乗り越えられることを切に祈った。

◇　◇　◇

「ねぇ、理章さん。これでいい？　タイ、曲がってない？」

朝からずっとそわそわしっぱなしの希翔は、部屋から出てくるなりそう聞いてくる。

希翔が身にまとっているのは、純白のタキシードだ。

そして、優しく彼を迎える理章もまた、揃いのタキシード姿だった。

「よく似合っている。素敵だよ」

希翔を見つめる理章の眼差しは、とろけそうに甘い。

それがなんだか照れくさくて、希翔は俯いた。

「理章さんも……すごく格好いい。でも、本当にいいのかな？　お父さんに、こんな高価な衣装まで買ってもらっちゃって」

そうなのだ。

二人の婚礼衣装は、父の憲之が行きつけの老舗テーラーでオーダーメイドで作ってくれたものだ。

生涯添い遂げる覚悟なら、形だけでも記念写真を撮り、エミリーの墓前に供えて報告をすること。

それが二人の仲を許すために、憲之が出した条件だったのだ。

採寸してもらい、タキシードが完成するまで、約一ヶ月。

そして、今日は二人で決めたハレの日だ。

「お父さんも、来てくれたらよかったのにな」

「二人きりの方がいいと、父なりに気を遣ったんだろう」

理章が宥めるように、そう言うと。

「二人やないやろ。わいが立会人としておるやないか」

二人がサンルームへ歩いていくと、既にいつもの定位置で二人を待ち構えていたのはウサ吉だ。

今日はエミリーが作った、黒のベストに蝶ネクタイといういでたちで、お洒落している。

「そうだよね、ウサ吉がいてくれるもんね」

希翔はいつものようにウサ吉を抱っこすると、理章と手を取り、庭園へ出た。

今日の二人の門出を祝福するように、今がシーズンの白薔薇が美しく咲き誇っている。

エミリーの愛した庭園をバックに、理章が用意した三脚付き一眼レフカメラをセットした。

「いいか？　撮るぞ」

「う、うん！」

並んで立った二人は、真ん中にウサ吉を入れ、笑顔でフレームに収まる。

希翔は、初めはカチコチに緊張してしまい、笑顔もぎこちなかったが、何枚か撮っていくうちに自然に笑えるようになった。

「今度はこっちを背景にしよう」

理章はなかなか構図に納得がいかないらしく、何度も場所を変えて撮影し、ようやくそれが済むと今度は希翔だけをモデルに撮りまくった。

「は、恥ずかしいよ」

こんなに写真を撮られた経験がないので、希翔は照れくさくてたまらない。

「こら、理章。なんでわいを一緒にいれんのや」

「いや、なんとなく、悪く思うな。無意識の選択だ」

「んもう、今日くらい仲良くしなよ、二人とも」

わいわいといつものようにモメながらも、ようやく記念撮影が終わる。

すると、そこでウサ吉が言った。

「ほんなら、ついでやさかい、今流行りのガーデンウェディングっちゅうやつをやったろか」

「え……？」

「わいが牧師役したるでぇ」

ウサ吉が「理章」と合図すると、理章はテラスにあるパラソル付きガーデンテーブルの上にウサ吉を降ろし、その前に小さな箱を置いた。

彼が蓋を開けると、中にはペアのプラチナリングが並んでいた。

「理章さん、これ……」

「結婚指輪だ。寝ている間にサイズはこっそり測らせてもらったぞ」

まさか理章が指輪まで用意してくれているとは思わなかったので、希翔は驚きが去ると、今度は感動で胸が一杯になった。

「なんだよ……俺に内緒で、二人で用意するなんて、反則だ……」

「サプライズ・ウェディングもいいものだろう？」

理章に促され、二人はウサ吉の前に並んで立つ。

「ええか？　いくで」

こほん、と咳払いし、ウサ吉は厳かな口調で始まる。

「希翔、汝《なんじ》は健やかなる時も病める時も、理章を愛し敬い、生涯の伴侶としてぎょうさん愛し続けることを誓いまっか？」

「……はい！　誓います」

嬉し涙で胸が詰まったが、希翔は力強く頷く。

「理章、汝は健やかなる時も病める時も、希翔を愛し敬い、生涯の伴侶としてぎょうさん愛し続けることを誓いまっか？」

「はい、誓います」

理章もまた、迷いなくこの婚姻に同意した。

「よろしい。ではここに、わいが二人を生涯の伴侶と認めたで！」

はよ、指輪の交換や！　と急かされ、まず理章が希翔の左手の薬指に指輪を嵌めてくれる。

涙が溢れそうになるのを必死に堪え、希翔も同じように嵌めてやった。

二人の取り合った手に、揃いのリングがキラリと光る。

「ありがとう、理章さん。俺、ほんとに嬉しい」

「希翔……」

すると、理章が少し考えた末、口を開く。

「一つだけ、約束してほしい。頼むから、私より先に……死なないでくれ」

「理章さん……」

それがどれほど理章にとって切なる願いなのか、よく知っている希翔は、胸が締めつけられるような思いがした。

「俺、こう見えてすごく健康で頑丈なんですよ？　風邪なんか、もう何年も引いたことないし」

「希翔……」

「その約束は、お互い頑張って努力するってことにしときましょう。理章さんもすっごく長生きする努力、してくださいね？」

一分一秒でも長く、一緒にいたい。

それは互いに同じ思いだったから。

「……ああ、わかった。誓うよ」

と、二人は手に手を取って微笑み合う。

「さぁ、誓いのキスや。ぶちゅ～っと濃厚なのかましとこか」

「だから、おまえはどうしてそう下品なんだ。まったく」

ぶつぶつ言いながら、理章はポケットチーフを取り出し、ウサ吉の頭にふわりと載せる。

「こら、なにするんや、見えへんやないか！」

日中は自分で動けないウサ吉は、自分で布をどけられないので、理章は悠々と希翔に向き直った。

「いいか？」

「……うん」

恥じらいながら、希翔もそれに応じ、二人は誓いのキスを交わした。

それは厳かで、神聖なものではあったものの、ギャラリーがいないせいで、少しばかり濃厚で長かったかもしれない。

「おい、おまえら！　いつまでやっとるんや！」

「おまえが濃厚なのをやれと言ったんだろうが」

「言うたけど、わいが見えへんかったら意味ないやろ～！」

余談だが、二人の結婚式の写真はエミリーの部屋の家族写真と一緒に大切に飾られることになった。
そして、二人と一羽はこのお屋敷で、末永くしあわせに暮らしましたとさ。

めでたしめでたし。

こんにちは、真船《まふね》です。

デビューして約二十四年ほどになりますが、今回初めて、喋って動くぬいぐるみが登場するお話を書かせていただきました（笑）

これがもう、めっちゃ楽しかった！

できることなら、ずっとウサ吉《きち》のその後のお話まで書いていたいと思うほどでした。

これから先、理章《みちあき》と希翔《きしょう》はウサ吉とお伽噺のように三人でしあわせに暮らしていくんだろうなぁ。

その光景を、物陰からこっそり見守っていたい気分です（笑）

今回、イラストを担当してくださった小椋《おぐら》ムク様。
希翔と理章もまさにイメージ通りだったのですが、中でもウサ吉の可愛さといったらもう……!!（大興奮）
こんな愛らしい子に描いていただいて、ウサ吉は果報者です！
お忙しいところ、うっとりするほど素敵なイラストの数々を仕上げてく

あとがき

ださって、本当にありがとうございました！

そしていつもながら、お世話になりました担当様。

ウサ吉のエセ関西弁の方言チェックをありがとうございました（笑）

さらにスタッフの方々と、なによりこの本を手に取ってくださった皆様に最大級の感謝を捧げます。

また次の本でお目にかかれるのを心待ちにしておりますので、なにとぞよろしくお願い申し上げます！

真船るのあ

CROSS NOVELS既刊好評発売中

それしってる！　ぷろぽぉずだよね？

子育てしてたら花嫁になっちゃいました

真船るのあ　Illust　みずかねりょう

幼い弟の宙と陽太を抱え、ワンオペ育児で奮闘している佑麻の元に、両親が遺した土地を売れと大手不動産会社・専務の光憲が訪ねてきた。断固拒否したものの、不運と弟の悪戯が重なり、なんと光憲が記憶を失う事態に!?

責任を感じた佑麻は、彼の記憶を取り戻すべく恋人だったと偽って同居を始め、チビ達と一家総出で頑張ることに。やがて佑麻を恋人だと信じ込んだ光憲は、恋愛もリハビリが必要だと佑麻に触れてきて……？

記憶喪失スパダリ×弟思いな兄のしあわせ家庭ラブ♡

CROSS NOVELSをお買い上げいただき
ありがとうございます。
この本を読んだご意見・ご感想をお寄せください。
〒110-8625
東京都台東区東上野2-8-7　笠倉出版社
CROSS NOVELS 編集部
「真船るのあ先生」係／「小椋ムク先生」係

CROSS NOVELS

ぬいぐるみを助けたら、なぜか花嫁になった件

著者
真船るのあ

2019年6月23日　初版発行　検印廃止

発行者　笠倉伸夫
発行所　株式会社　笠倉出版社
〒110-8625　東京都台東区東上野2-8-7　笠倉ビル
[営業]TEL　0120-984-164
FAX　03-4355-1109
[編集]TEL　03-4355-1103
FAX　03-5846-3493
http://www.kasakura.co.jp/
振替口座　00130-9-75686
印刷　株式会社　光邦
装丁　磯部亜希
ISBN　978-4-7730-8986-8
Printed in Japan